DEAR+NOVEL

CHERRY

月村 奎
Kei TSUKIMURA

NOVEL 243 文 BUNKO 庫

新書館ディアプラス文庫

SHINSHOKAN

CHERRY

目次

イラストレーション／木下けい子

CHERRY

［チェリー］

大学会館一階のカフェテリアは昼時の混雑のピークを迎え、雑多な食べ物の匂《にお》いと学生たちのざわめきであふれかえっていた。

岩佐直希《いわさなおき》はAランチのトレーを向かいの友人の方に押しやった。

「食べきれないからやる」

自分のかき揚《あ》げ丼《どん》をきれいに平らげた安田康太《やすだこうた》が、ラッキーと顔をほころばせ、トレーを引き寄せる。

「食べきれないどころか、ひとくちしか食べてないじゃないの」

隣からやはり同じ学科の友人である桜井莉子《さくらいりこ》が口を挟《はさ》んできた。

直希は長い手足を気だるく伸ばしながら短く露悪的《ろあくてき》に答えた。

「まずくて食えない」

サンプルにはなかったマッシュルームが入っているので食べられないのだと素直に言えばいいのだが、並みはずれた負けず嫌いゆえ、子供じみた好き嫌いを知られることが許せない。

莉子は眉間《みけん》に皺《しわ》を寄せた。

「おぼっちゃまに学食のアルデンテ完全無視のパスタは論外かもしれないけど。それなら最初から注文しなければ無駄にならないのに。もったいない」

「無駄になんかしてないだろ」

康太の方に顎《あご》をしゃくってみせる。

何か言いかけた莉子を遮《さえぎ》るように、こちらに向かって一目散《いちもくさん》に駆け寄ってきた同級生の板橋《いたばし》が声をかけてきた。

「岩佐、今日ヒマ？　合コンのメンツが足りないんだけど、つきあってくんない？」

「やだよ。面倒くせー」

「そう言わないで。ちょっと顔出すだけでいいからさ」

「人数合わせなら康太を誘えば？　きっとヒマだよ」

「岩佐じゃなきゃ意味ないんだって。岩佐が来ると女子の集まりが違うからさ。な、頼むよ。おまえはタダでいいからさ」

「岩佐クリニックのご子息が、タダなんていうフレーズに心動かされるわけないじゃん」

莉子が茶々を入れる。

まったくその通りだと思いながら、直希はさらに冷《ひや》やかに言った。

「女に騒がれるのうざい。もう飽《あ》きた」

「……おまえってホント顔と性格が反比例してるよな」

板橋は舌打ちしてテーブルを離れて行った。

「あーあ。また敵を作っちゃって」

「俺は客寄せパンダかよ」

「しょうがないじゃない。実際客寄せになる外見を持ってるんだし」

莉子は笑いながら、直希の顔をまじまじと覗《のぞ》き込《こ》んだ。

「私の二十年の人生の中で、岩佐くんほど見目麗《みめうるわ》しい男子に会ったのって初めてだよ。顔ちっさいし、背高いし、脚《あし》長いし」

百七十五センチの身長はいまどき高い部類には入らないと思うが、頭が小さいせいか実際よりも長身に見られることが多い。

「しかも資産家のご子息」

康太まで口を挟んでくる。

「そうそう。その上成績優秀で、昨年度学部賞受賞につき、今年は学費免除」

「金持ちが学費免除なんて理不尽《りふじん》だよなぁ」

おかしそうに言いながら、康太はパスタの最後の一口を啜《すす》りこんだ。

「あーあ。岩佐くんのせいで、康太のメタボに拍車がかかる」

康太の食べっぷりに、莉子がため息をもらした。

確かに康太はふっくらとしている。直希より五センチほど小柄《こがら》なくせに、体重は逆に十キロは上回っているだろう。肥満《ひまん》とまではいかないが、丸い身体に丸い顔。凡庸《ぼんよう》な容姿の男だ。男の場合あまり外見に手を加えない分、素材差が出やすい。

それに対して、女子は努力次第でかなりごまかしが効く。莉子は努力家の部類に入ると直希は思う。逆に言えば、ヘアスタイルや服でそこそこかわいく見えるが、容姿はせいぜい十人並みといったところだ。

そしてこの凡庸な友人二人はカップルでもある。二人がつきあい始めた時、破《わ》れ鍋《なべ》に綴《と》じ蓋《ぶた》だと評したら莉子はむっとし、康太は「どうして莉子が岩佐じゃなくて俺を選んだのかが謎《なぞ》だ」と照れていた。

直希も、自分のような男がそばにいながらどうして莉子が康太とつきあう気になったのかと、高慢な疑問を抱《いだ》いたりしたが、直希がこの二人となんとなく一緒にいることが多いのは、履《り》修《しゅう》科目が重なっているという物理的理由に加えて、そこにあるのかもしれない。

家柄・容姿・成績と非の打ちどころのない直希は、女の子といると大概《たいがい》熱い視線を送られ、男といるとやっかみを向けられることが多い。それはそれで自尊心を満たしてくれて楽しいし、どんな感情を向けられようとも持ち前の冷淡さと毒舌ですべて切り捨てて悪びれない直希だが、たまにはリラックスしたい時もある。すでに出来上がっている幸せな二人は、直希にどちらの感情も向けてはこない。それはなかなか気楽でいい。

「あ、岩佐くん！　こんなところで会えるなんて超ラッキー！」

合コン男が去ったと思ったら、今度は田辺可奈《たなべかな》が駆け寄ってきた。直希の在籍する法学部では莉子同様数少ない女子の一人だ。

「岩佐くん、ここわかる？　私、今日絶対当てられるのに、予習してくるの忘れちゃったの。助けて！」

目の前に広げられたのは、ドイツ語のテキストだった。第二外国語にドイツ語を選択している学生は少ないので、可奈は必死な様子だ。

直希はテキストに目を落とし、呆《あき》れた声を出した。

「おまえこんなのもわかんないで大丈夫？」

可奈はしゅんとした顔になる。

「これは……あ」

説明しようと口を開きかけた直希は、着信のバイブレーションに気付いたしぐさでポケットから携帯を取り出してフリップを開いた。

「電話だ。ちょっと待ってて」

自分の席を可奈に譲《ゆず》り、携帯を耳に当てて、カフェテリアの騒音から逃《のが》れるようにテラスへと出る。

中から死角になる場所に回り込むと、直希と同じように静かな場所を求めてきたらしい男が、電話中だった。

汗《あせ》ばむような初夏の日差しのもと、男は仕立てのいいスーツにきちんと身を包んで、涼しげな顔ですらりと立っている。

がっしりと上背《うわぜい》のある男は、三十代半《なか》ばといったところだろうか。どこかの学部の講師か事務職員か。

だが今そんなことはどうでもよかった。

直希は本当は着信などありはしなかった携帯をベンチに放り出し、席を立つ際にさりげなく持ち出してきた鞄《かばん》からノートパソコンを引っ張りだした。

さっきまでの皮肉たっぷりの伊達男《だておとこ》ぶりはどこへやら、パソコンを広げたベンチの前に膝をつき、可奈に見せられたテキストの構文を必死で思い出しつつ、猛然《もうぜん》と検索《けんさく》しはじめる。

ドイツ語の講師は高校の授業のように、学生を順番に当てて訳させる。その順番は決してずれることなく決まっているので、今日は絶対に当たらない直希は、珍しく予習の手を抜いていた。

しばしの格闘《かくとう》の末、無事答えを導き出すと、直希はほっと息をつき、パソコンをバッグにしまった。

額の汗を拭《ぬぐ》い、ジーンズの膝についた埃《ほこり》を払って、元通りの涼しい顔で、三人の待つテーブルに戻る。

「で、わからないところってどこだっけ？」

そらとぼけてアンニュイに聞き直した上で、今しがた調べた内容をあたかも自分の脳みそから引っ張り出したような顔で説明する。

「うわっ、そうか。やっぱすごいね、岩佐くん。超助かったわ。お礼におごらせて。あ、今日はヒマ？」

あわよくばそれをきっかけに接近をねらっていること丸出しに目を輝かせる可奈を、莉子がいさめた。

「岩佐くんはあくまで鑑賞用《かんしょうよう》だよ。イイ性格してるのは、可奈ちゃんだって知ってるでしょ」

「いや、でもさ、自分に自信がないから人にも甘いっていう男子より、岩佐くんみたいに実力があって言いたいこと言う人の方が全然かっこいいじゃん」

「だからそれは傍《はた》から見てればってことよ。あんまり近づくとひどい目に遭《あ》うわよ」

「ひどい目って？」

「私、岩佐くんとは高等部から一緒なんだけど、この人ときたら高二のときにクラスの女子全員を敵に回したんだよ」

「なにそれ」

「つまんねー話してるんじゃねーよ」

直希はうんざり顔で舌打ちしてみせた。莉子はお構いなしに続ける。

「うちのクラスにすっごいきれいな女子がいたんだけど、彼女、転校することになってね。で、ずっと想いを寄せてた岩佐くんに、コクったわけよ。それで岩佐くんがなんて答えたと思う？」

「なんて言ったの？」

「『おまえじゃ勃《た》たねーよ、ブス』」

莉子の話は伝聞のため実際より大分端折《はしょ》られていた。実際は告白にはＯＫした。その捨て台詞《ゼリフ》を吐《は》いたのはしばらくつきあったあとのことだ。だが面倒《めんどう》くさいので、直希は特に訂正は入れなかった。

「いやーっ」

可奈が両手で耳を塞《ふさ》ぐ。

「ね、いくらなんでもひどすぎるでしょ？　傷ついた彼女が友達にそれを打ち明けて、その話が人づてにクラス中に広がって、もう顰蹙《ひんしゅく》かいまくり」

「でも、一度言ってみたいよなぁ」

ぼそりと康太が言った。

莉子がキッと康太を振り返る。

「なんですって？」

「あ、いや、俺はそんなこと思ったこともないし、思える立場でもないけどさ。普段、女子に頭が上がらない分、なんかちょっとその傲岸不遜《ごうがんふそん》さに憧《あこが》れるっていうか、男のロマンっていうか」

「下品で残酷《ざんこく》な言葉で女の子を傷つけるのが、男のロマンなわけ？」

「いや、そういう意味じゃなくて……」

「でも、岩佐くんならアリかもね」

可奈がしみじみと言う。

「ほかの男にそんなこと言われたら、『ふざけんな、バーカ』って逆切れするけど、岩佐くんほど完璧《かんぺき》な人に言われちゃったら、もう『すみません』って言うしかないよね」

「ちょっと、可奈ちゃんまで納得しないでよ。この人は女の敵だよ？」

「じゃ、なんで莉子は仲良くしてるの？」

「だから鑑賞する分にはいいんだって。私はこの人を恋愛対象として見たことないから」

直希はあくびをしながら長い脚を組みかえた。

女子全員を敵に回したと莉子は言うが、こうしてアリだという女の子もいる。実際、当時その騒動のあとにも、懲《こ》りずに告白してくる女子は跡を絶たなかったのだから、敵が聞いて呆れる。

しかも康太のもらした一言から知れる通り、自分の暴言は男の目から見れば武勇伝ですらある。

会話のなりゆきに興味なさげな振りをしながらも、自分が望む通りの評価を受けていることに、直希は人知れず満足する。

その時、背後から軽く肩を叩かれた。

振り向くと、さっきテラスで電話をしていた大柄な男が立っていた。

「これ、きみのかな」

男が差し出してきたのは、直希の携帯だった。検索に夢中になるあまり、ベンチに忘れてきたらしい。

「どうも」

礼というにはあまりにもぞんざいな調子で言って、直希は男の大きな手から携帯を奪《うば》い取《と》った。

「どういたしまして」

男は直希の態度の悪さに動じるふうもなく温厚な笑みをみせて去って行った。

「ひゃー、いつもかっこいいわね、阿倍《あべ》先生って」

可奈が甲高《かんだか》い声で言う。

おまえは俺目当てじゃなかったのかよと内心ちょっとムッとしながら、直希はドアの向こうに消えていく男を目で追った。

「あれって先生なのか」

「岩佐くん知らないの？　阿倍壮介《そうすけ》先生。文学部の准教授《じゅんきょうじゅ》だよ」

「よその学部の奴《ヤツ》なんか知るわけないだろ。つか准教授にしちゃ若くないか？」

「三十四歳よ。文系では一番若い准教授なの。しかも独身！」

莉子が得意げに説明する。

「なんでそんな詳《くわ》しいんだよ」

「だって可奈ちゃんと私は般教《パンキョウ》で阿倍先生の文学とってるもん」

「阿倍先生の講義、女子率高いよね」

「うん。八割は女子かも」

「女の子ってホントにイケメン好きだよな」

苦笑いの康太に、莉子がチチチと人差し指を振ってみせる。

「顔だけじゃないのよ。講義がすっごく面白《おもしろ》いの」

「そうそう。阿倍先生の講義を聴いてると、文学部に転部したくなっちゃうよね」

「だよね。今は週一しか会えないけど、独文科とかだったらきっと毎日会えるし」

「やーん。あのかっこいい姿を毎日拝めるのね」

「かっこいいったって、おっさんじゃん」

直希がツッコミを入れると、

「岩佐くん、さっき『若い』って言ったじゃない」

速攻で莉子に反撃された。

「准教授としては、って意味だよ。だいたいそんだけモテて三十半ばまで独身って、なんか胡《う》散臭《さんくさ》くね？」

「岩佐と同じで、モテすぎて一人に絞《しぼ》れないんじゃないか？」

人のいいコメントをする康太に、直希はフンと笑って露悪的に言った。

「歳のせいでもう女を相手にできない身体とか？」

「なに失礼なこと言ってるのよ。まだ三十代だよ？」

莉子の非難の声に被《かぶ》さるように、

「だったらそこだけ俺の方が勝ってるかも」

康太がぼそっと言った。

莉子がぱっと赤くなる。

「ちょっと康太！　岩佐くんの下品に感化されるのやめてよね！」

「え、康太くんって絶倫《ゼツリン》なの？」

「可奈ちゃんまで！」

バカバカしいやりとりを呆れ顔で眺《なが》めるふりをしながら、直希は内心苛立《いらだ》ちまくっていた。

こんな十人並みのカップルですらやることをやっているというのに、どうしてこの俺が未《いま》だに童貞《どうてい》なんだ？

女子からはモテまくり、男子からは常に羨望《せんぼう》の眼差《まなざ》しを向けられる学部一のモテ男岩佐直希にとって、自分が二十歳にして童貞だということは人には言えない屈辱的《くつじょくてき》な秘密であり、今一番の願いは、周囲にそれと悟られないうちに、童貞を捨て去ることなのだった。

岩佐直希《いわさなおき》の性格は、生まれ育った環境によって形成されたところが大きいと思われる。

近隣でも有名な美容整形クリニックを経営する父親と、学生時代に「ミスキャンパス」に選ばれたこともある美しい母親との間に第三子として生まれた直希は、両親それぞれの優《すぐ》れた部分を受け継いで、幼い頃からその利発さと見目麗《みめうるわ》しさで周囲の視線を一身に集めていた。

両親と年の離れた兄姉たちから蝶《ちょう》よ花よと甘やかされて育った直希は、絵に描いたような金持ちのわがまま息子として成長していった。

単にわがままなだけなら、やがて周囲から辟易《へきえき》されてしまうところだが、単なるブルジョア息子の空威張《からいば》りではなく、学業成績も運動神経も申し分なかったため、その性格の悪さも一種の魅力として受け入れられていった。

家柄《いえがら》と容姿同様、文武両道に秀《ひい》でた部分も天賦《てんぷ》の才と思われていたし、直希自身そう思われることを望んでいたけれど、実はそれらは努力の賜物《たまもの》だった。

非常にプライドが高く負けず嫌いゆえ、表では涼しい顔をしてみせながら、陰では猛勉強に励《はげ》むという傍《はた》から見たら微笑《ほほえ》ましくも滑稽《こっけい》なキャラクターだったりするのだが、幸い誰も傍から見ていなかったため、直希のわがままクールな王子様というイメージが損《そこ》なわれることはなかった。

そんなこんなで、直希は物心ついた頃から女の子にはとにかくモテた。二十年の人生で受けた告白は軽く百を超えるのではないかと思われる。

しかし直希はそれらをことごとく断ってきた。

自分と釣《つ》り合《あ》うようなレベルの女じゃないし。というのが自分に対する表向きの理由であり、実際半分はその通りだったが、残り半分、自分でもはっきりとは自覚していない理由があった。

誰かと深くつきあうと、自分が取《と》り繕《つくろ》っている諸々《もろもろ》をはがされるのではないかという恐《おそ》れだ。カリスマ性を保つためには、女を深入りさせてはいけないと、無意識のうちに用心していたのだった。

単純に、好きな女の子がいなかったということもある。自分のことが大好きな幼稚《ようち》なナルシストは、その自分に傷がつくかもしれない危険をおかしてまで、女の子とつきあいたいとは思わなかった。

そんな直希が初めて告白を受け入れたのが、高二の夏のことだった。

山口杏《やまぐちあん》というその少女は、莉子《りこ》の言っていた通り、相当ルックスのレベルが高く、クラスどころか学年中の男子の注目を集めていた。

まずそのルックスが合格点であったことと、彼女が二週間後には転校してしまうから期間限定のつきあいで済むということが、告白を受け入れた大きな理由だった。

高校二年生ともなると、すでに初体験を済ませている級友もチラホラと出てくる。

そんなことの早さばかりを披歴《ひれき》する奴《ヤツ》らはバカっぽくてかっこ悪いと思っていたが、俺もそろそろ経験しておいてもいい時期かもしれないと、相変わらずの自分勝手な理屈で考えた。

告白を受け入れたあと、数回二人でデートした。正直、まったく楽しいとは思えなかった。

幼少時から家政婦のいる家庭で何くれとなく世話を焼かれて育ったわがまま末息子は、人に何かしてもらうことには慣れていても、逆に何かしてあげるということが不得意だった。何もしなくてもモテる分、マメさや気配りといったものを持ち合わせておらず、女の子をエスコートするのは面倒で退屈《たいくつ》な作業だった。

三度目のデートで、彼女の家に遊びに行った。タイミング良く母親が買い物に出かけてくれたため、早速ことに及《およ》んだ。元々それが目的でつきあったようなものだったし、むしろ彼女の方が積極的ですらあった。

そっちがその気なら抱いてやってもいいけど？　的な余裕を漂《ただよ》わせつつ、彼女の服を剝《は》いでいった。

こういうことは、始めてしまえば本能の赴《おもむ》くままに盛り上がり、どうとでもできてしまうものだと直希は思っていた。

ところが、なぜかその本能のスイッチが入らない。熱と湿《しめ》り気《け》を帯びた女の子の身体はあまりに生々しく、欲望をかきたてられるどころか逆に腰が引けた。

しかしここまできて引き返すわけにはいかなかった。ＡＶビデオで見たのを真似て適当な前《ぜん》戯《ぎ》を施《ほどこ》し、とにかくさっさと済ませてしまおうと、無理やり挿入《そうにゅう》に及んだ。

もちろん、まったく興奮していないのに、成し遂げられるはずがなかった。何度かトライしてみたものの、ことごとく失敗に終わった。

それは直希にとってはあり得ない屈辱《くつじょく》だった。このみっともない場面を、いったいどう切り抜ければいいのか。

自尊心ばかりが肥大《ひだい》した稚拙《ちせつ》な十七歳男子がたどり着いたのは、最低な責任転嫁《てんか》だった。

直希は身体を起こすと、内心の混乱を押し隠してアンニュイな表情を作り、「あーあ」と溜《ため》息《いき》をついた。

「悪いけど、ブスじゃ勃《た》たない」

自分のプライドを守るための、あまりにも幼稚で滑稽で最悪な発言だった。彼女が傷ついたのはもちろんだが、言ってしまった直希も相当後味が悪かった。だから彼女が転校して目の前から消えてくれた時には心底ほっとした。

女の子の常で、彼女は転校前にその顛末《てんまつ》を「親友」に打ち明けたらしい。その「親友」がまたその「親友」に話し、直希の所行は瞬《また》く間にクラス中に広まっていった。

そのひどい言動に対して眉《まゆ》をひそめる者もいたし、「あんな美人を相手にしても、がっついてないなんてすごい」と逆に賛美する者もあった。

なまじ直希の見てくれが完璧《かんぺき》すぎるだけに、みっともない真実を見抜く者が一人もいなかったのは幸いだった。

人を傷つけた罰《ばち》があたったのか、その後三年たっても直希は童貞《どうてい》のままだった。

再び失敗するのが怖くて、大学内の顔見知りには手を出せず、だからといってその手の店を利用するにはあまりに育ちが良すぎてプライドが高すぎる。

周囲からは遊びまくってもう女には飽《あ》きていると思われていながら、このままでは一生童貞で終わるかもしれないと、密かに憂《うれ》え、焦《あせ》る直希だった。


「こんにちは」

頭上から降ってきた軽やかな声に、直希《なおき》は民法のテキストから顔をあげた。

はにかんだような笑顔で立っていたのは、文学部の一年生、大島南《おおしまみなみ》だった。

「一人ですか？」

「うん。二コマ目が休講になっちゃったから、時間つぶししてたとこ」

「私もなんです」

休講が相次いだせいか、ラウンジのテーブルは時間をもてあました学生でほぼ埋まっていた。

「座ったら？」

ひとりで占領していた四人掛けのテーブル席を、いつにない親切さで南に勧める。

学部も学年も違う南とは、バイト仲間として知り合った。実家が通学可能圏内《けんない》にありながらマンションでの一人暮らしを許され、生活費も小遣《こづか》いも十分にもらっているボンボンの直希には本来バイトなどする必要はない。

バイトの目的は、滑稽《こっけい》なことに脱童貞《だつどうてい》の相手探しだった。

見かけによらず小心な直希は、ナンパや出会い系サイトで見ず知らずの女の子に声をかけるのはためらいがあった。反対にあまり身近な相手では、万が一また失敗したときに気まずすぎる。

そんな理由でかわいい女子バイトが多いというカフェに職を求めた直希だったが、店長から『きみが来てから女性客が増えたから、もっとバイト時間を増やしてよ』としつこく迫《せま》られ、それが鬱陶《うっとう》しくてほどなくやめてしまった。

だが収穫《しゅうかく》はあった。南はバイトの女の子の中で、直希がいちばん好感を持っていた相手だった。陰で客を品定めしたり、別れた男の悪口を言ったりと、口さがない女たちの中にあって、南がその手の話に加わったのを見たことがなかった。つまり自分が失敗しても言いふらされる心配が少ない。しかも同じ大学とはいえ学年も学部も違うから、嫌になれば顔を合わせなくても済む。

直希の言う「好感」というのは、要するに自分にとって好都合な相手ということだ。

直希はすぐ背後の自動販売機で紙コップのコーヒーを二つ買い、ひとつを南に勧めた。

「ありがとうございます」

南は嬉しそうに受け取った。

「岩佐《いわさ》さんにコーヒーをおごってもらったなんて言ったら、友達に羨《うらや》ましがられます」

「友達は俺のことなんか知らないだろう」

「なに言ってるんですか。岩佐さんを知らない女子なんていませんよ。うちの大学で一番かっこいいって、みんな言ってます」

そりゃそうだろうと、内心でうぬぼれた相槌《あいづち》を打ちつつ、南の友人たちに面が割れているのはいかがなものかとやや怯《ひる》む。やっぱり学外の子を探した方が後腐《あとくさ》れがないだろうか。

そんな直希のばかげた葛藤《かっとう》を知る由《よし》もない南は、紙コップを両手で大事そうに持ちながら続けた。

「でもおかしいんですよ。みんなは岩佐さんのこと、クールで近寄りがたいって言うんです。かっこよすぎて自分なんか絶対相手にされないって」

おかしくもなんともない。実際俺はブスなんか絶対相手にしねーよ、と独《ひと》りツッコミを入れる。

南はにこにこと直希を見る。

「本当の岩佐さんは、こんなに気さくで優しいのに」

それは下心満載だからさ。と「赤ずきん」のオオカミのごとく重ねてツッコミを入れつつ、実際は無言のまま静かに笑んでみせた。

南は直希の笑顔に見とれた様子で、ほんのりと頬を染めた。

この子が自分に好意を持っているのは明らかだと、直希は確信する。

「あ、岩佐さんお勉強中だったんですよね。すみません、お邪魔しちゃって」

テーブルに広げたテキストに気付いて、南が恐縮したように肩をすくめた。

「いや、ヒマつぶしに見てただけだから」

いかにも勉強しました的な赤線だらけのテキストをやや焦《あせ》りながら閉じる。

「もしかして、司法試験とかのお勉強ですか？」

「司法試験なんて受ける気ないよ」

「えー、もったいない。岩佐さんなら絶対受かりますよ。去年は学部賞を取られたって聞いてます」

「たまたまだよ」

涼しく笑ってみせつつも、内心は言い当てられたことに微妙に動揺していた。

司法試験を受ける気でいるのは本当だった。しかも法科大学院進学ではなく、難関の予備試験ルートを狙《ねら》っている。だがかっこつけで見栄っ張りの直希は、落ちたらみっともないので、誰にも言わず、人知れず猛勉強していたりする。バイトを増やしたくなかった理由もそこにある。去年の学部賞だって、実際はコソ勉の賜物《たまもの》なのだ。

これ以上突っ込まれると困るので、直希はさっさと話題をすり替えた。

「南ちゃん、カレシとかいるの？」

そう、童貞卒業は、目下《もっか》司法試験よりも重要な問題だ。

唐突《とうとつ》な話題転換に一瞬戸惑《とまど》った顔をしながらも、その口元にはにかんだような笑みが浮かぶ。

「つきあってる人はいません。……でも、憧《あこが》れの人ならいます」

よし、きた。心の中でガッツポーズをする。

「片思いなの？　告白とかしないわけ？」

南はぶんぶんと首を振った。

「私なんか絶対相手にされませんから」

「そんなことないだろ。南ちゃん、かなりかわいいし」

「そんな……」

恥ずかしそうに両手で頰を押さえる。

「相手ってどんな奴《ヤツ》？」

本人を前に言わせるなんてちょっと悪趣味かなと思いつつ、直希は南の眼を覗《のぞ》き込《こ》んで訊《たず》ねた。

「どんなって……ええと、背が高くて、かっこよくて、」

うんうんと頷《うなず》きながら、直希の思考は先走る。この調子なら、今日このあとすぐにでもことに持ち込めるんじゃないだろうか。いきなりラブホに連れ込むのはマズいかな。でも俺の部屋を教えるのもなぁ。馴れ馴れしく勝手に訪ねてくるようになってもウザいし。

「それで頭が良くて、大人で、紳士で、包容力があって」

身勝手なことを考える直希の横で、南がうっとりと続ける。

はたと直希の思考が止まる。

見た目と頭を褒《ほ》められるのはよくあることだが、紳士だとか包容力があるとか言われたのは初めてだった。同級生からは、わがままで傲慢《ごうまん》と、ほぼ正反対のレッテルを貼《は》られている直希である。

ターゲットと定めた南にはそれなりの態度で接してきたから、それが功を奏《そう》したのだろうか。

だとしたらやっぱりいきなりラブホはまずいかも。

「あ、」

南が小さく声をあげた。

南の視線は直希の肩越しにラウンジの入り口の方に向けられている。

その視線を追って振り返ると、見覚えのある男が中に入ってくるところだった。

この間カフェテリアで直希の携帯を拾ってくれた、阿倍壮介《あべそうすけ》とかいう准教授《じゅんきょうじゅ》だ。

「あの人です」

南が弾《はず》んだ声で言う。

あの人？　何が？

くるくると思考を巻き戻し、直希は眉間《みけん》に皺《しわ》を寄せる。

もしかして片思いの相手のことか？

つまり、俺じゃないってこと？

准教授はまっすぐ直希たちのテーブルにやってきた。

今日はノータイで上着も着ておらず、シャツのボタンも一つ外した格好だった。それでもラフな学生の集団の中にあると、糊《のり》のきいたピンストライプのワイシャツ姿は確かに大人で紳士に見えた。

南の傍《かたわ》らに来ると、阿倍は人好きのする笑みを浮かべた。

「デートの邪魔してごめんね。外から大島さんの姿が見えたから」

「デートなんかじゃありません！」

南は両手をぶんぶん振りまわして完全否定する。

なんて失礼な女だと、俄《にわ》かに腹が立ってくる。

「この名無しレポートは大島さんのだよね。消去法でいけば恐らく間違いないと思うんだけど」

阿倍は手にしていたレポートの束《たば》を丁寧《ていねい》なしぐさで南に差し出した。

南の目が丸く見開かれる。

「ひゃー、すみません！ 私のです！ やだ、タイトルページつけるの忘れてました！ すみません、すぐやり直してきます」

「いいよいいよ、ここのところに手書きで名前だけ書いてくれれば」

阿倍はご丁寧にも自分のボールペンを南の前に置いてやる。

「すみませーん」

ちまちまとした文字でレポートの一枚目に署名《しょめい》する南を、男はにこやかに見下ろす。

「グリム兄弟への愛があふれた、なかなかいいレポートだったよ」

甘っちょろい准教授を、直希は胡散臭《うさんくさ》く見上げた。直希の学部だったら名無しのレポートなど未提出扱《あつか》いが当たり前だ。

女子学生に恩を売ってたらしこもうって魂胆《こんたん》かよ、このエロ教授が。などと、さっきまで自分の方がよほどよからぬことを企《たくら》んでいたのは棚《たな》に上げて胸の中で吐《は》き捨《す》てる。

何にしても、もはや南をモノにできる可能性はないということだ。

直希は鞄《かばん》と空《から》の紙コップを手に立ち上がった。

「ああ、僕の用事はもう済んだから、どうぞごゆっくり」

阿倍が直希の方を見て、鷹揚《おうよう》な笑みを浮かべた。

長身の男の視線が自分を見下ろす位置にあることに、負けず嫌いのプライドをさらに傷つけられてイラッとくる。

「別にこっちも用はないですから」

淡々と言ってラウンジをあとにした。

表に出ると、強烈な日差しと湿度の高さにぐったりとなる。

なりゆきで出てきてしまったが、次の講義までまだ一時間近くある。

図書館で時間をつぶす手もあるが、ここからなら裏門を出てすぐの喫茶店の方が近い。

南に無駄なエネルギーを使ってしまったことと、邪魔に入った准教授の存在に腹を立てながら、直希は足早に裏門へと向かった。

「ちょっといいですか?」

裏門を出るや否《いな》や、サングラスをかけた女が駆け寄って声をかけてきた。三十代と思《おぼ》しき、黒ずくめの女だ。

「私、こういうものなんですけど」

女は名刺を押し付けてきた。聞き覚えのある大手芸能事務所の社名が入っている。

「芸能界とか興味ないかな」

「ないです」

即答して通り過ぎようとすると、相手はしつこく前に立ちふさがる。

「まあそう言わないで。ちょっとだけ時間もらえない？」

「もらえません」

生まれ持った端整な容姿ゆえ、子供の頃から何度となくこういう輩《やから》に声をかけられうんざりしている。しかも今、直希はかなり苛立《いらだ》っていた。

相手は直希の状況などおかまいなしにまくしたててくる。

「あなた、相当いい線いくと思うんだ。私ね、この仕事はかなり長いから見る目は確かよ」

「うるせーよ、ブス」

直希は不機嫌に言い捨てた。

「ブスに言われなくても、俺がかっこいいのは俺がいちばんよく知ってる」

女は口を開けたまま固まった。

その時、直希の肩にポンと手が置かれた。

「こんなところで大声を出すのはやめようよ。本校の品位を疑われるだろう」

直希はななめうしろを振り返った。

本気で注意するというより、どこか面白《おもしろ》がるような声でそう言ったのは、阿倍准教授だった。

阿倍は馴れ馴れしく直希の肩に手を回したまま、スカウトの女に微笑《ほほえ》みかけた。

「彼は我が校でも指折りの優秀な学生なので、当面は学業に専念してもらいたいと思っているんです。申し訳ないけど、お引き取りください」

そのまま直希をUターンさせて、門の中へと引き返す。

つられて数メートルほど歩いてしまってから、直希は我に返って男の手を振りほどいた。

その不機嫌な態度に、阿倍は軽く眼を見開いた。

「窮地《きゅうち》を救ってあげたのに、その態度はないだろう」

「別に窮地でもなんでもないですよ。あんなの追い払い慣れてます」

阿倍は眉《まゆ》を上下させた。

「きみ、せっかく上品できれいな顔をしてるんだから、それに見合う言動を心がけて欲しいな。女性に対して、ああいう態度は感心しないよ」

教え子に色目を使う教育者の方がよほど感心できないだろうと、直希は男を睨《にら》みあげた。

「ブスにブスって言って何が悪いんですか」

半《なか》ばけんか腰の直希に、阿倍はふっと頬をゆるめて呟いた。

「弱い犬ほどよく吠《ほ》える、ってね」

ただでさえカッカきていたところに、カチンとくるようなことを言われて、更《さら》に頭に血が上《のぼ》る。

「あ、そうそう。これ、忘れもの」

阿倍は直希の目の前に民法のテキストを差し出してきた。

「携帯といい、きみって見かけによらずうっかり屋さんだね」

直希は男の手からテキストをむしり取って、さっさとその場を立ち去ろうとした。

とたんにつま先を縁石に引っ掛け、派手に転倒した。

痛みと羞恥《しゅうち》に目がくらむ。

「大丈夫？　ホントに見かけによらないおっちょこちょいなんだな」

阿倍が身を屈《かが》めて直希の腕を引き起こす。

うっかり屋でもおっちょこちょいでもない。こんな無様な転び方をしたのは、小学校低学年以来だった。

「あーあ、シャツが破けてるじゃないか。僕の研究室がすぐそこだから、ちょっと寄って行きなさい」

「大丈夫です」

「大丈夫じゃないだろう。相当血が出てる」

「え？」

そう言われて、ピリピリとした痛みが走る肘《ひじ》のあたりを見ると、シャツがベッタリと赤く染まっていた。

出血するほど派手に転んだのも小学生以来のことで、久しぶりに見る鮮血に思わずくらっとなる。

直希が地味に動揺《どうよう》している間に、男は鞄とテキストを拾い、半ば強引に直希を校舎の中へと促《うなが》した。

書架《しょか》に囲まれた阿倍の研究室は、北向きでひんやりとしていた。

「そこ、座ってて」

言い置いていったん部屋から出て行く。

ほどなく戻ってきたときには、片手に青いキャップの消毒液と絆創膏《ばんそうこう》を持っていた。

「上、脱いで」

穏やかな声で指示されて、思わず従ってしまう。

Tシャツ一枚になると、男は直希の腕を持ち、傷口に顔をしかめた。

「あーあ。派手にやったな。ちょっとしみるかも」

冷たい消毒液を吹き付けられると飛び上がるほど痛かったが、下手《へた》に反応するとまたからかわれる気がして、無言で耐えた。

阿倍は器用に数枚の絆創膏を重ね合わせて貼りながら、間近に直希の顔を覗き込んできた。

「スカウトされ慣れてるって言うけど、こうして見ると確かにきれいな顔してるな」

しみじみと言う。

「イケメン弁護士か。いいねぇ」

直希は胡散臭く男を見返した。

「俺、弁護士になる気なんてありませんけど」

「じゃ、検事？　それとも裁判官かな。それ、予備試験用のテキストでしょう」

阿倍は机の上のテキストに顎《あご》をしゃくった。

「しかも書き込み満載」

「勝手に中を見てんじゃねーよ」

思わずかっとして食ってかかる。

「ごめんごめん。でも鞄の中身を見たとかいうわけじゃなし、テキストをパラ見したくらいでそんなに怒ることないだろう。あ、もしかして司法試験受験は周囲には秘密なわけ？」

「べ、別にそういうんじゃ……」

いきなり言い当てられて、しどろもどろになる。

「そういえばきみってコソ勉くんだもんな。この間もカフェテリアのテラスでコソコソ調べ物して、それをまるで自分の知識みたいに友達に披歴《ひれき》してたし」

一瞬、頭が真っ白になる。

あのとき、一部始終を見られていたのだと悟り、一気に顔に血が上る。

「あ……あれは、知ってたけど確認のために見てみてただけだ！」

「なにムキになってるんだよ。きみってきれいな顔してホントに面白い子だね」

顔と性格にギャップがあるとはよく言われるが、それは性格のきつさや毒舌をさしてのことであって、「面白い」などと間抜け扱《あつか》いされたのは初めてだった。

「よし、できた」

阿倍は直希の腕を放すと、部屋の隅に置かれたロッカーを開き、何かを取り出して戻ってきた。

手にしていたのは、クリーニング店のビニールにシュリンクされた水色のワイシャツだった。

阿倍は無造作にビニールを裂いて、シャツを広げた。

「少しサイズが大きいだろうけど、間に合わせにはなるだろう」

「オヤジくさい」

恥ずかしいところを見られていたショックからなんとか立ち直ろうと、ぞんざいに言ってみせる。

阿倍は唇を尖《とが》らせた。

「失礼だな。これ、一回しか着てないし、クリーニングにも出してあるよ」

「そういう意味じゃねーよ。文脈も読めないなんて、ホントに文学部の先生？」

呆《あき》れて言うと、阿倍は噴き出した。

「わかってるよ。きみこそ冗談の通じない子だな」

ばさりと広げたワイシャツを、有無を言わさず直希の肩に着せかけ、腰を屈めてボタンを留めてくる。

「きみには二回も忘れものを届けたし、こうして怪我の手当てもしてあげた。しかも学部は違えど一応教師と学生という関係だ」

阿倍は微笑みながら言う。

「感謝と尊敬の念を向けられこそすれ、そんな敵意丸出しな目で睨まれるいわれはないんだけど。何かきみを怒らせるようなことをしたかな？」

してるじゃないかよ！　と心の中では即座に突っ込んでみるものの、実際には返答に窮《きゅう》する。

確かに相手からみれば、親切にしかした覚えはないだろう。

直希がこの男に素直に謝意を示せないのは、半分は八つ当たり的な感情だった。

ターゲットに決めていた女子の気持ちをさらっていったことへの八つ当たり。コソ勉を目撃されたことへの逆恨《さかうら》み。

何より、三十代半ばのおっさんのくせに、自分を見下ろす背丈や、女子学生に騒がれるだけあるそのルックス、そして自分にはない大人の余裕のようなものに敵意を感じる。同じオスとして、こいつは敵だ。

「そんな怖い顔してないで、言いたいことがあるなら言ってよ」

阿倍がにこやかに促してくる。

何を言ったものか。しばし逡巡《しゅんじゅん》したのち直希は口を開いた。

「教え子に色目を使うような先生は、尊敬に値《あたい》しないでしょう」

阿倍は何度か目を瞬《しばたた》いたあと、納得顔で頷いた。

「ああ、そうか。ガールフレンドを取られてへそを曲げているのか」

「違う！」

直希は即座に否定した。女子学生に甘い准教授の倫理観を糾弾《きゅうだん》しただけであって、あんなレベルの下級生のことでやきもちを焼いたなどと誤解されるのは直希にとってはまったく心外極まりないことだった。

だがその否定を照れとでもとった様子で、阿倍はにこやかに言う。

「教え子の恋路を邪魔するような野暮《やぼ》はしないよ」

恋なんかしてねーよ。単に童貞喪失《そうしつ》のターゲット候補だった女子をもっていかれて、しかもコソコソ調べ物をしていたところを目撃されたという二重の屈辱が腹に据《す》えかねてるだけだ。

と言いたいところだが、それはやきもちよりもっと格好悪いのでは？　ということに気付いて押し黙る。

その無言を、まだ疑っているのだと阿倍は解釈《かいしゃく》したらしい。

「女子学生に手を出すなんて、ありえないよ」

シャツのボタンを留めながら、男は淡々と言う。

「だって僕はゲイだし」

自分の血液型でも言うような軽い口調だったので、一瞬聞き流しそうになった。

ゲイ？　ゲイってなんだっけ？

五秒ほどで解答が導き出された。

「ぎゃーっ！」

同級生の間ではクールでアンニュイで通っている直希だが、そんなイメージなど一気に吹っ飛ぶ奇声を発して、息がかかるほど間近でシャツのボタンを探っていた男を蹴《け》り飛《と》ばす。

「うわっ」

中腰だった阿倍は、バランスを崩《くず》して後ろにひっくり返った。

その体勢のまま、直希のパニック顔を見て噴き出した。

悔しいことに、尻《しり》もちをついていてさえ余裕と格好よさを失わない男だった。

「そんなにビビらなくても、こんなところでいきなり襲いかかったりしないよ」

じゃあこんなところでなければ襲いかかるつもりなのかと、直希は半開きのシャツをかきよせた。童貞を捨てる前に、貞操の危機にさらされるとは。

カフスが手の甲の半ばまでかかるようなサイズの合わないシャツのせいで、自分が急に非力で小さな生き物になったような錯覚《さっかく》に陥《おちい》って、恐怖がいや増す。

阿倍は自分の胸元についた靴痕《くつあと》を手で払いながら、クスクスと笑い続けている。

「期待を裏切って悪いけど、僕にも趣味がある。きみだって女の子なら誰でもいいってわけじゃないだろう？」

童貞を捨てるため、やらせてくれて後腐れのない女なら誰でもいいとさえ思っている直希には、痛いところをつかれた感のある問いかけだった。

しかしいかにも経験豊富そうな年嵩《としかさ》の男には、選ぶだけの余裕があるのだろう。直希にしてみても、恋愛対象ということなら誰でもいいどころかかなり厳《きび》しい審美眼《しんびがん》を持っている。あまりに厳しすぎて、生まれてこの方眼鏡《メガネ》にかなう女に出会ったことがないくらいだ。

「自意識過剰《かじょう》なお子様の相手は疲れる。つきあうなら、社会経験豊富で落ち着いた大人の方がいい」

阿倍は立ち上がってスラックスの尻をはたいた。

「だいたい、きみらくらいの年頃の子はみんな痩《や》せぎすで抱き心地が悪すぎるよ。僕の好みは、筋肉と脂肪《しぼう》が適度に混じり合った、マッチョな三十代以降だ」

マッチョな中年とくんずほぐれつ絡み合う阿倍を想像しそうになって、慌てて脳内に自主規制フィルターをかける。

「あんたのグロい趣味になんか、興味ない」

「おいおい、ついには『あんた』呼ばわりかよ」

「どこをどう見たって、『先生』と呼べそうな要素は見当たりません」

「そうかぁ？　これでも学生からの人気は上々なんだけど」

それは知っている。その人気は法学部の女子学生にまで波及《はきゅう》しているくらいだ。そこがまた癪《しゃく》にさわる。

「その人気者の先生が、実はホモだって知ったら、みんなどう思うんでしょうね」

今知った秘密を脅《おど》しのタネにして優位に立とうとすると、男はにこにこと微笑んだ。

「それより、見た目も中身も完璧《かんぺき》なきみが、実はチェリーだっていう方が、話題性は大きいと思うけど」

「え……」

直希はその場に凍《こお》りついた。

なぜそれを？　これまでのやり取りの中で、うっかりばれるようなことを言ってしまっただろうか。あるいは二十歳を過ぎて童貞だということは、いくら隠してもにじみ出てしまうものなのか。

青ざめる直希を見て、阿倍は眼を見開いた。

「あれ、ビンゴだった？　冗談のつもりで言ったんだけど」

「な……っ」

血の気が引いた顔に、今度は見る間に血が上る。

「ホントに面白いなぁ、きみは」

屈辱に打ち震える直希の前で、准教授は能天気に笑い転げるのだった。

講義の終了と共に、階段教室の中には椅子を跳ね上げる音が響き渡った。

講義のときだけかけるセルフレームの眼鏡《メガネ》を鞄《かばん》にしまい、直希《なおき》も席を立った。

足早にドアに向かう直希を、莉子《りこ》が呼び止めてきた。

「岩佐《いわさ》くん、今日の講義はこれで終わりだよね。ちょっと買い物につきあってくれない？」

「やだよ。女の買い物なんて面倒くさい」

「私のじゃないよ。康太《こうた》の服を買いに行くの。自分で買うといっつも同じようなのばっかだから、岩佐くんのセンスで選んでやってよ」

「素材がアレじゃ、何を着せても同じだろ」

「ひどいこと言わないでよ。馬子《まご》にも衣装って言葉を知らないの？」

「何時代のことわざだよ」

「いいからいいから。ほら、行こう」

「行かねーよ。俺はこれから用事がある」

「何の用事？　終わるまで待ってるよ」

そう言われて、ちょっと考える。用事があるのは事実だが、気の乗らない用向きだった。それに急ぐことでもない。莉子の誘いを自分への口実にして、先延ばしにしてしまおうか。

そんなことを考えた矢先、莉子がふと思い出したように言った。

「そういえば、この間渋谷《しぶや》でばったり山口《やまぐち》さんに会ったよ。覚えてる？　山口杏《あん》ちゃん」

直希は思わず固まった。

覚えているもなにも、それは直希が高校二年生の時に童貞喪失《どうていそうしつ》に失敗した相手だった。

罪悪感《ざいあくかん》と屈辱《くつじょく》で、理性が液状化現象を起こし、胸の中に泥水《どろみず》が湧《わ》き出《だ》す。

「山口さんね、今……」

「馬子のどてらは一人で買いに行け」

思い出したくもない名前を持ち出されて、買い物につきあう気持ちはすっかり失《う》せた。

「ちょっとぉ、岩佐くーん」

呼び止める声を無視して、足早に教室を出る。

四時半を過ぎても、夏の太陽はまだ暮れる気配がなかった。

桜並木の鬱蒼《うっそう》とした緑の下、まとわりついてくる蒸し暑い空気を肩できりながら直希が向かったのは、阿倍准教授《あべじゅんきょうじゅ》の研究室がある一号棟だった。

大学内で最も古い煉瓦《れんが》造りの一号棟は、主《おも》に研究室と演習用の小教室しかないため、ひと気も少なく、しんとしていた。

三日前に傷の手当てを受けた阿倍の研究室の前で、直希は斜《なな》めがけした鞄から、クリーニング済みのワイシャツを取り出した。

用事というのは借り物のシャツを返すことだった。

ドアをノックしようと手をあげて、ふとためらう。あの、人を食ったような男のやりづらさを思い出すと、気が重くなる。助手か何かが出てきて、預かってくれると気楽なんだけど。

気分の重さを少しでも和《やわ》らげようと、直希は思いついて鞄から眼鏡を取り出した。レンズ一枚分の鎧《よろい》でも、何もないよりは気休めになる気がする。

眼鏡をかけ、気を落ち着かせる時のくせで髪に手櫛《てぐし》を入れる。ひとつ大きく深呼吸をして、ドアをノックした。

身構えて数秒待ったが、反応はなかった。

恐る恐るドアノブに手をかけてみると、施錠《せじょう》されていた。部屋の主《ぬし》は留守らしい。

却《かえ》ってラッキーだったかも、と、直希はクリーニングの袋をドアノブにかけ、踵《きびす》を返した。

とたんに、何か大きなものにぶつかった。

「うわっ」

跳ね返されて、数歩後ずさる。

ずれた眼鏡を直しながら顔をあげると、阿倍が満面の笑みで立っていた。講義から戻ってきたところらしく、脇に分厚いテキストを数冊抱《かか》えている。

「いやぁ、いいシーンだったなぁ。想いを寄せる先生の研究室の前で緊張に身を硬くする美青年」

「な……」

「眼鏡をかけた方が知的だろうか、髪は乱れてないだろうかと身繕《みづくろ》いして、胸のドキドキを抑えながら、敬愛する先生の部屋をノックするも、先生は不在。美青年は悲嘆の涙にくれるのであった」

「ぜ、全然違う！」

直希は顔に血を上《のぼ》らせながら反論した。

コソコソ調べ物をしていた時といい、またも無防備な姿を見られた間の悪さに、居たたまれない気持ちになる。

「見てたならさっさと声をかけろ。俺はシャツを返しに来ただけだ！」

「確かにその眼鏡はよく似合うね。きみの顔の形に良く合っている。ストイックなのに色っぽい」

直希は眼鏡をむしり取った。

「シャツ、そこにかけておきましたから。じゃあ失礼します！」

言い捨てて立ち去ろうとすると、大きな手で二の腕をつかまれた。

「せっかくだからお茶でも飲んでいきなさい」

「さわるな、ホモ！」

「腕をつかまれたくらいでそんなに騒ぐなんて、童貞くんは純情だなぁ」

「なっ……」

かっとして言い返そうとしたが、廊下を通りかかった学生の姿に、口を閉ざす。下手《へた》に言い返して、ギャラリーの前でまた「童貞」と連呼されたらたまったものではない。

「ほら、入って」

油断した隙に腕を引かれ、部屋の中に連れ込まれた。

「麦茶とアイスコーヒー、どっちがいい？」

阿倍は小さな冷蔵庫の前に屈《かが》み込《こ》んで訊《き》いてくる。

「ビール」

直希は反抗期の子供のような返事を返した。

「はい、どうぞ」

阿倍はにこやかに缶ビールを放ってよこした。

直希は半《なか》ば唖然《あぜん》として、ビールと男の背中を見比べる。

「マジで出すかよ、普通」

「なんで？　あ、きみ未成年？」

「違いますけど」

「マイカー通学？」

「違います」

「じゃあ問題ないだろう」

阿倍は自分のグラスに麦茶を注ぎながらにこにこと言う。

「本当に先生なのか？」

ぶつぶつ言って、直希はビールをデスクに置いた。実はアルコールは全く飲めない。合コンに気乗りしないのはそのせいでもあった。

「そういうきみこそ、学生らしからぬ口のきき方じゃないか」

阿倍はグラスを手に腰をおろし、直希にも椅子を勧めた。

「大島《おおしま》さん、恋人はいないらしいよ」

「え？」

「きみのために聞いておいてあげたんだ。やさしい先生だろう？　なんなら仲を取り持ってあげようか」

未《いま》だ直希が大島南《みなみ》を好きだと誤解しているらしい。

「余計なお世話です」

直希は突っ立ったまま、そっけなく答えた。

「ひどいなぁ、親切で言ってるのに。まあでも、確かにきみなら人に世話を焼かれなくても自力でどうとでもできるよね」

「……厭味《いやみ》ですか」

「どこが？　だって岩佐くん、実際随分《ずいぶん》モテるみたいじゃないか」

初めて名前で呼ばれて、直希は眉根《まゆね》を寄せた。

「俺の名前、知ってるんですか」

「そりゃ知ってるよ。学部賞を取るような優秀な子は、学部を超えて有名人だ。しかもそのきらきらしたルックスは目立つしね。才色兼備とは、まさに岩佐くんのことだよ」

「……やっぱ厭味にしか聞こえないんですけど」

称賛を浴び慣れている直希だが、すべてが自分よりも優《すぐ》れていそうな男から言われると、バカにされている気がする。

「なんでかなぁ。僕は本気で言ってるんだけど。ちゃらちゃら見た目を飾り立ててるだけじゃなくて、勉学の努力も怠《おこた》らないなんて、実に立派だと思うよ」

どうやら阿倍は本当に褒《ほ》めているつもりらしいが、その一言がまたカチンとくる。

「努力家」というのは直希が忌《い》み嫌《きら》う言葉だ。

ルックスが天性のものであるのと同様に、頭脳も天性のものでありたい。それが無理ならせめて世間にはそう装いたいと思っているのに、この男には最初からすべて見抜かれているのだ。

やりづらいにもほどがある。

「しかしそれだけかっこいいのに、童貞っていうのは意外だなぁ」

麦茶を飲みながら、阿倍がしみじみと言う。

直希のムカつきは最高潮《さいこうちょう》に達した。

「うるせーよ、ホモ」

「そんなにキイキイ怒るなよ。だから大島さんと取り持ってあげるって言ってるじゃないか」

「俺はあの子には何の興味もない。ただの顔見知りってだけです」

「そうなの？　まあそれならそれで嬉しいけど」

「……嬉しい？」

男がさらっと口にした一言に、直希は警戒心も顕《あら》わに問い返す。

「いや、別にそう深い意味はないよ」

阿倍はにこにこと答えた。

「ちょっといいなと思う芸能人がいたとして、絶対につきあったりできない相手だとわかっていても、フリーの方が嬉しいだろ。まあ、そんな感じ？」

そんな感じってどんな感じだよ。胡散臭《うさんくさ》いことこのうえない。

「シャツ、確かにお返ししましたから」

「あ、待って。シャツで思い出した」

踵を返す直希を呼び止め、阿倍は席を立ってロッカーを開いた。ブランド名の入った紙袋を取り出して、直希に差し出す。

「きみに会ったら渡そうと思ってたんだ。これ、この間のシャツの代わり」

「は？」

「破いてダメにしちゃったでしょう」

「……だからって別に先生に買ってもらういわれはないです」

「きみが転んだのは僕のせいだし」

阿倍はオフホワイトの長袖《ながそで》シャツを袋から引っ張り出して広げ、タグを引きちぎった。

「ほら、もうこれで返品できない。僕が着るにはサイズが小さいしね」

直希は無造作に机に放られたタグをチラ見する。直希も時々買うブランドだが、決して安価なものではない。

弁償《べんしょう》するいわれもない相手に、こんなものを買い与えるなんて、下心でもあるとしか思えない。

ゲイの下心といえば……。

男は直希の背後に回り、背中にシャツをあてがった。

「サイズ、ぴったりだね」

シャツを押し付ける手をそのまま直希の肩に置いて、阿倍は耳元に囁《ささや》いてきた。

「実はこれには下心があるんだ」

疑惑は確信へと変わり、背筋をぞーっと悪寒が走る。

逃げなければと思うのに、肩に置かれた手が楔《くさび》のように直希をその場に縫《ぬ》い留《と》め、身動きがとれない。

「僕がゲイだってことはこの間話したよね？」

うわっ、キタ！　ヤバい！　犯される！

心臓が喉元までせり上がり、男の手が置かれている肩のあたりがぞわぞわと熱くなる。

「そのことなんだけど、きみに……」

「むっ、無理です！　俺、絶対無理！」

直希は男の言葉を遮《さえぎ》り、上《うわ》ずった声で言った。

「いきなり無理はないだろう。そんなに大変なことを頼んでるわけでもないのに」

ゲイにとっては日常茶飯事《さはんじ》でも、直希にとっては大変なことだ。

「冗談じゃない。マジ無理だからっ！」

「きみ、そんなに口が軽いの？」

「口？」

話の流れがつかめずに、直希は怪訝《けげん》に背後を振り返る。

男は不思議そうな顔で瞬《まばた》きをした。

「うっかりゲイだってことを暴露《ばくろ》しちゃったけど、そのことを口外しないで欲しいっていうのが、僕のお願いだよ。で、このシャツは口止め料とでもいうのかな」

背中からはがしたシャツを、男は直希の手に放ってよこした。

「そんなに難しいお願いかな。それとももう喋《しゃべ》っちゃった？」

この間は自分が童貞だと見抜かれたことの方がショックで、阿倍の嗜好《しこう》を触れまわるようなゆとりはなかった。

「……喋ってないし、別にそんなこと言って回るほどヒマじゃないです」

「そう。だったらよかった」

阿倍はにこにこと直希を見た。

「じゃ、さっきの『無理』っていうのは、なんだったのかな」

最前の自分の動揺《どうよう》ぶりを思うと顔が熱くなる。

直希は男を睨《にら》みつけた。

「あんたが『下心』とか意味ありげな言い方するからだろう」

「もしかして僕に迫《せま》られてると思ったの？」

阿倍は噴き出した。

「きみって本当に自意識過剰《かじょう》だなぁ」

「うるさい」

「きみは女の子にはモテるかもしれないけど、ゲイにモテるタイプじゃないよ。だいたい、この前趣味じゃないって言ったでしょう」

趣味じゃなくてなによりなはずなのに、プライドの高い直希にとって、勘違いを嘲笑《ちょうしょう》されたり、論外だと断言されたりするのは屈辱的なことだった。

腹立ちまぎれにデスクの脚《あし》に蹴《け》りを入れると、缶ビールがぐらりと傾《かし》いで、直希の足の上に落下してきた。

「いってーっ」

未開栓《みかいせん》の重たい缶に足の甲《こう》を直撃され、直希は苦痛に顔をゆがめて片足ケンケンする。

「きみって本当に剽軽《ひょうきん》で面白《おもしろ》いね」

阿倍は愉快《ゆかい》そうに声をたてて笑う。

剽軽などという屈辱的な形容をされたのは生まれて初めてのことだった。

この男の前にいると本当に調子が狂う。片足で跳びはねながら、直希は男に思いっきり舌を出してみせた。


「なあ、岩佐《いわさ》のその眼鏡《メガネ》、どこのヤツ?」

板橋《いたばし》に訊《き》かれて、直希《なおき》はアイスコーヒーの紙コップを潰《つぶ》しながら気だるく店の名前を口にした。

「あー、あそこか。いや、ナオちゃんが岩佐の眼鏡がかっこいいって言うから、俺もコンタクトやめて眼鏡にしようかなぁと思って」

ナオちゃんというのは、先日の合コンがきっかけでつきあい始めた彼女らしい。

「バカね。それはメガネがかっこいいんじゃなくて、眼鏡をかけた岩佐くんがかっこいいってことだよ」

莉子《りこ》が言い、傍《かたわ》らの康太《こうた》が大きく頷《うなず》く。

「俺らがどんなに気合い入れても、岩佐とは勝負にならないって。素材が全然違うんだから」

そうそう、と声に出さずに同意しながら、こいつら早くどこかに行ってくれないかなぁと、内心舌打ちする。

昼のピークはとっくに過ぎたというのに、カフェテリアはそこそこの学生でざわついている。表は三十度を超す暑さのため、時間つぶしの学生は皆冷房の効いた場所に避難しているのだ。

次の講義までの空《あ》き時間にレポートを仕上げようと最初は図書館に行った直希だが、知り合い数人に声をかけられて挫折《ざせつ》した。天才肌《はだ》と思われたい直希は、勉強しているときの必死な姿を人に見られたくないのだった。

涼しい場所を探して次に向かったラウンジでは、南《みなみ》が友人たちと談笑していたのでさっさと踵《きびす》を返した。

ランチタイムの終わったカフェテリアなら穴場かと思ったら、学科の友人たちと鉢合《はちあ》わせしてしまったというわけだ。

「そうだ、岩佐くん、来週提出のレポートはもう出来てる？」

同じ科目を履修《りしゅう》している莉子が、まさに今書きかけているレポートのことを訊《たず》ねてきた。

「ああ、当然」

本当は半分も書けていないのに、いらぬ見栄を張って答える。

「すごーい。岩佐くんって、いつ勉強してるのって感じなのに、何でも完璧《かんぺき》だよねぇ」

感心する莉子に、康太と板橋も苦笑を浮かべて同意する。

「いいよなぁ。努力しなくても出来る奴《ヤツ》は」

「天は二物《にぶつ》を与えずって、絶対ウソだよな。持ってる奴は全部持ってるもんなぁ」

望む通りの評価に満足しつつも、そんな完璧《かんぺき》な俺が童貞《どうてい》で、このぱっとしない男たちには彼女がいるのはなぜなんだと、釈然《しゃくぜん》としない気分になる。

それよりなにより、出来ていないのに出来たと法螺《ほら》を吹いてしまったレポートを速《すみ》やかに書き上げなくては。

ほかにどこか涼しくてひと気のない場所はなかっただろうか。

考えながらふと窓の向こうに目をやると、一号棟の前で女子学生と立ち話をしている阿倍《あべ》の長身が見えた。

「あ、俺ちょっとヤボ用」

直希は紙コップの残骸《ざんがい》をゴミ箱に投げ入れ、鞄《かばん》をつかんで席を立った。

「え、どこ行くの？　レポートのポイント教えていってよー」

莉子の声を無視して、外に出る。日盛《ひざか》りの構内を横切って、一号棟へと向かう。准教授《じゅんきょうじゅ》は立ち話を終え、建物の中へと入っていくところだった。

「阿倍先生」

直希が声をかけると、男は足を止めてゆったりと振り向いた。

「やあ。今日はまた一段と暑いね」

そう言いながらも、涼しい顔をしていつもながらぱりりとした長袖《ながそで》のシャツに身を包んでいる。

「研究室に戻るとこ？」

「うん」

「俺も一緒に行っていい？」

阿倍は軽く眼を見開いた。

「どうしたの？　あ、もしかしてついに愛の告白に？」

「気味悪いこと言ってんじゃねーよ、ホモ」

「相変わらず口が悪い子だなぁ。ホモっていう単語は差別的に受け取られる場合もあるから、僕以外のホモにはうかつに使っちゃだめだよ」

窘《たしな》めるように言いながらも、気を悪くした様子はみじんもない。むしろつっかかられていることを楽しんでいるようにすら見える。

「告白じゃないなら、恋愛相談かな。やっぱり大島《おおしま》さんとの間を取り持ってもらいたくなったとか？」

「あんたの頭は色恋沙汰《ざた》オンリーかよ」

男が開けたドアから、直希はするりと研究室に滑《すべ》り込《こ》んだ。

「レポートを書きたいから、場所貸してよ」

返事も待たずに長机の前に陣取《じんど》り、鞄からノートパソコンを引っ張り出す。

我ながらいい思いつきだと直希は悦《えつ》に入《い》る。阿倍にはコソ勉を含《ふく》めていろいろみっともないところを見られている。今更《いまさら》本性を隠す必要もない。

しかも直希は阿倍の弱みを握《にぎ》っているから、逆に自分の秘密を暴露《ばくろ》される心配もない。

阿倍は面白《おもしろ》そうに微笑《ほほえ》んだ。

「人目を避けてコソ勉か。鶴《つる》の機織《はたお》りみたいでかわいいね」

「うるさい」

直希は靴《くつ》を脱《ぬ》いで、長椅子の上に横座りした。

この座り方が一番落ち着いて集中しやすいのだが、見た目が悪いので人のいるところでは我慢している。

その奇妙な座り方をおかしそうに眺《なが》めながらも、阿倍は何も言わずに冷蔵庫に向かった。

「このあと、まだ講義はある？」

「あります。あとひとコマ」

「じゃあビールはダメだな」

そう言って二つのグラスに麦茶を注ぎ、ひとつを直希の前に置いた。

「法学部のホープの自習室として利用してもらえるなんて、光栄だよ」

からかうように言うと、自分のデスクに座って、パラパラと学生のレポートらしきものをめくり始めた。

突発的な思いつきだったが、阿倍の部屋は思いのほか快適だった。適度に静かで、室温も暑からず寒からず。なにより人目を気にしなくていいのは素晴らしい。

夢中でパソコンに向かううちに、空き時間はあっという間に終了となった。

顔をあげると、その存在も忘れていた阿倍の横顔が目に入った。直希にはいつも人を食ったような微笑を向けてくる男だが、仕事をする横顔はいつになく真面目《まじめ》で端整だった。

気温が上がるとTシャツどころかタンクトップ一枚という学生もいる大学構内で、長袖のシャツに身を包んだ大人の男にはストイックな色気があった。

すらりとしていながらも、男の身体には二十歳の学生にはないがっしりとした厚みが感じられる。あの清潔なシャツの下はどうなっているのだろう、などと無意識にあらぬ想像をしていたら、男がふと顔をあげて直希の方を振り向いた。

「もしかして見惚《みと》れてる？」

「な……何言ってるんだよ、自意識過剰《かじょう》」

「自意識過剰はきみの得意技だろう。あ、ちょっと待った」

次の講義のために荷物をまとめて立ち上がる直希を、阿倍が呼び止めた。

デスクの引き出しをあけて、なにやら光るものを取り出す。

「留守の時には勝手に使っていいから、帰りにはちゃんと施錠《せじょう》しておいて」

男が渡してよこしたのは、この部屋のものらしい鍵《かぎ》だった。

「こんなの、学生に渡していいわけ？」

「きみは特別だよ」

意味ありげに微笑みかけられて、なぜかどきりとなる。

「きみには秘密を握られているからね。可能な限りサービスして、ご機嫌をとっておかないと」

ああ、そういうことか。

なぜか一瞬がくっときた自分を訝《いぶか》しみながら、直希は鍵を受け取った。

「ラッキー」

せいぜい性格悪く微笑んで、直希は阿倍の部屋をあとにした。

手に入れた快適な居場所を直希《なおき》はフル活用した。重いテキストやパソコンなどの私物の一時置き場にしたり、通学途中に買ったマイドリンクを勝手に冷蔵庫で冷やしておいたりといった具合だ。

あまり入り浸《いびた》っていると周囲から怪しまれそうなので、昼食は友人連中と一緒にとったが、ちょっとした空《あ》き時間に、人目を気にせずにだらだらしたくなると、阿倍《あべ》の部屋にもぐり込む。

ここまで好き勝手にされることは阿倍も予想外だったのではないかと思うが、表面上は特に困った様子も見せず、大人の余裕とでもいった笑顔で直希の出入りを黙認していた。

「きみは本当に外面《そとづら》と実際が違うなぁ」

長椅子に横になって、片足を床《ゆか》に落としただらしない姿勢で、民法のテキストに目を通していた直希に、講義から戻ってきた阿倍が失笑をもらした。

寝そべったまま首だけ阿倍の方に振り向けようとしたとき、本の表紙が外れて、本体が顔面の上に落下してきた。

「イテッ」

「大丈夫？」

阿倍は直希の顔からテキストを取りのけ、ずれた眼鏡《メガネ》を直しながら、間近に直希の顔を検分した。

「傷はついてないけど、せっかくきれいな顔してるんだから、もっと大事にしろよ」

手のひらで直希の頰を軽く叩く。冷房で肌《はだ》が冷えていたのか、男の指先の温かさが妙にリアルで、ちょっと心臓がどきりとなる。

「いっそそのだらしなくて三枚目な性格を、みんなの前でカミングアウトしてみたらどうだ」

「いきなりキャラを変えられるわけないだろ」

そんなに簡単に性格を変えられるなら、誰も苦労はしない。

「そう難しい話じゃないだろう。僕の前で見せてくれている姿をそのまま見せればいいだけじゃないか」

阿倍には最初にかっこ悪いところを見られているから、今更《いまさら》澄ましかえってみても仕方がない。逆に最初に見栄を張ってしまった相手の前では、その見栄を張り通すほかはない。

いちいち説明するのも面倒なので黙っていると、阿倍は直希の襟元《えりもと》に指先を伸ばしてきた。

「着てくれてるんだ、そのシャツ」

楽しげに微笑《ほほえ》む。

そう言われて初めて、自分が阿倍からプレゼントされたシャツを身につけていることを思い出した。

「ゆうべ洗濯乾燥機《かんそうき》のタイマーを入れ忘れて、着るものがなかったんだよ」

直希はぶっきらぼうに答えた。

タイマーを入れ忘れたのは本当だが、着替えのシャツはほかにいくらでもある。今朝《けさ》、ふと気まぐれに袖《そで》を通してみたら思いのほか顔映《うつ》りがよかったので、なんとなくそのまま着てきたのだ。

「思った通り良く似合う。ヒギンズ教授の気分だよ」

嬉しげにしみじみ言われて、急にそわそわと落ち着かない気分になる。阿倍の選んだシャツを着て、阿倍の部屋のソファに寝そべっている俺っていったいどうよ。

直希はむくっと起き上がり、鞄《かばん》に手を伸ばした。

「おや。お客様、今日はもうチェックアウトですか？」

「これから合コン」

「へえ。楽しそうだね」

「楽しくないですよ。俺は単なる客寄せだし」

皮肉っぽく言ってみるものの、自分が客寄せになる魅力の持ち主だというのは悪い気のするものではない。

飲み会の誘いはほとんど断っているが、十回に一回くらいは、自分の魅力を再確認するために参加することもある。

「僕も今日はもう帰るから、そこまで一緒に行こう」

阿倍は手早くデスク周りを整え、鞄と上着を持って直希をドアへといざなった。

蒸し暑さの残る夕暮れ時の空気を、蟬《せみ》の鳴き声が震わせる。ジャージ姿の体育会系の一群が聞き取れないかけ声とともに傍《かたわ》らを駆け抜けると、湿《しめ》った空気に土埃《つちぼこり》の匂《にお》いが混じった。

「先生も飲み会かなんか？」

取り立てて興味もなかったが、世間話的なノリで訊《たず》ねると、阿倍は「んー」とちょっと考える顔になった。

「飲み会ってわけじゃないけど、流れ的に酒は飲むかも」

「もしかしてデート？」

「あ、気になる？」

阿倍はにやにやと直希の方を振り向く。

「全然。社交辞令で訊《き》いてみただけ」

「なんだよ、それ。もっと突っ込んでよ。つきあってる人はいるんですか、とか」

「じゃあ、『つきあってる人はいるんですか？』」

棒読みで返す。

「うーん、いると言えば嘘になるし、いないといえば嘘ではないような」

「わけわかんねーし」

くだらないことを言い合っているうちに、友人たちとの待ち合わせの大学会館前まで来ていた。ガラスごしにカフェテリアを覗《のぞ》いてみたが、見知った顔はなかった。

主役の俺が一番のりかよと、舌打ちしかけた時、表のテラスの方から聞き覚えのある声がした。

「岩佐《いわさ》くんは確かにかっこいいけど、つきあって楽しいタイプじゃないかも」

今日の合コンに誘ってきた可奈《かな》の声だった。

「莉子《りこ》に聞いたんだけど、高校時代に告白してきた女の子を、『ブスじゃ勃《た》たない』って言って振ったらしいよ」

「やだぁ、最低」

「でも岩佐くんなら言いそう」

「いくら振っても女の子に不自由はなさそうだもんな」

「不自由ない割に、女との噂《うわさ》って聞かないよな」

「だからさ、モテる人はガツガツしないのよ、あんたたちと違って」

「草食系？」

「ホモ？」

どっと笑いが起こる。

「いやぁ、ホモはねーだろ。あいつって男女問わず他人に興味ない感じじゃん」

「うん。自分大好きって感じだよね。ナル男くん」

「あんだけすべてに恵まれてたら、そりゃ自分大好きにもなるだろう」

「そこがつきあいづらいとこだよね。なんかこう、見下されてるっていう感じがして」

「あんな完璧《かんぺき》な人とつきあったら、超疲れそうだよね。あくまで鑑賞用《かんしょうよう》だよ」

自分の噂話をうっかり聞いてしまうというのは、思いのほか居心地の悪いものだった。ましてやそれを阿倍に聞かれているという状況は、なんとも間抜けで居たたまれない。

噂話はまだまだ続く気配だったが、ふいと横から阿倍に肩を叩かれた。

「せっかくだから、今日は僕と飲みに行こうよ」

小声で囁《ささや》かれる。

直希はややばつの悪い気分で阿倍を胡散臭《うさんくさ》く見やった。

「これからデートだろ」

「デートじゃないよ。出版社の人との打ち合わせなんだけど、急ぎじゃないから日を変えてもらう。きみの好きなビールをたらふく飲ませてあげよう」

背中に手をあてて促《うなが》され、なんとなくふらふら従ってしまう。

店内の様子に違和感を覚えながら、直希はカウンターに腰かけた。

阿倍がつかまえたタクシーで連れてこられたのは、合コンに使う居酒屋などとは雰囲気《ふんいき》の異なる、落ち着いた隠れ家的なバーだった。

照明の絞《しぼ》られた酒落《しゃれ》た店内は半分ほどの客の入りで、そのすべてが男性客だ。

カウンターごしに阿倍と親しげに挨拶《あいさつ》を交わすバーテンダーは、がっしりとしたヒゲ面《づら》とは裏腹に、女性のような喋《しゃべ》り方《かた》をする。

直希がきょろきょろしている間に、阿倍がオーダーしたらしく、直希の前には栓《せん》を抜いたビールとグラスが置かれる。

阿倍が直希のグラスにビールを注ぎ、自分のバーボンのグラスを近づけて乾杯を促す。

今更飲めないとも言えず、渋々クリームのような泡《あわ》に唇をつけた。

「……ここってゲイバー？」

「あ、もしかして初めて？」

「当たり前だろ。つかなんで俺が先生とゲイバーで飲まなきゃならないんだよ」

「お友達の陰口を聴いてるよりは楽しいかと」

また阿倍にみっともないところを見られ、あまつさえ慰《なぐさ》めに酒をおごられていることに腹が立つ。

直希はグラスのビールで喉をしめらせて、勝気な口ぶりで言い返した。

「『完璧すぎてつきあいづらい』って、むしろ褒《ほ》め言葉でしょ」

「おー、プラス思考だなぁ」

阿倍はグラスの氷を鳴らして失笑した。

「彼らの意見を参考にすると、きみはやっぱり僕の前で見せてるような剽軽《ひょうきん》キャラを出していった方が好感度が上がると思うよ」

「別に好感をもたれたいとか思ってないから」

強がりではなく、それは事実だった。だが陰口をまったく意に介《かい》していないかといえば、そうでもない。「つきあいづらい」のはいいとしても、ナル男呼ばわりは当たっているだけに微妙に屈辱的《くつじょくてき》だった。

モヤモヤした不快感を払拭《ふっしょく》しようと、飲めないビールをチビチビ口にする直希の横で、阿倍がしみじみと言った。

「しかし勃たなかったとはなぁ。童貞《どうてい》の理由は勃起《ぼっき》障害か」

直希はビールを噴き出し、激しくむせかえった。

「……っ、あんた何を聞いてたんだよ！　俺はブスは抱かないって話だ」

「高校生くらいだと、気ばかり逸《はや》ってうまくいかないってのはよくある話だよ。気に病まなくても大丈夫さ」

「病んでねーよ！　つか人の話を聞けよ！」

「かわいいねぇ、ムキになって」

阿倍はニコニコと直希を見つめる。

かっこいいとは言われ慣れていても、かわいいなどと言われることはまずないため、妙な居心地の悪さを感じる。

「あるいは、僕と同じで女の子より男の方が好きなんじゃないかな」

直希は呆《あき》れて阿倍を見た。

「そんなわけないだろう。気持ち悪い」

「先入観を取っ払ってごらんよ。この店の雰囲気、どう？　ドキドキしたりしないか？」

直希は店内をそろりと見回した。客柄《きゃくがら》は悪くなく、ごく普通のバーにも見えるが、スーツ姿の男二人が親密げに会話を交わしながらテーブルの下で手を握《にぎ》り合《あ》っているのが目に入り、ゲッとなる。

見てはいけないものを見てしまったと、視線を戻すと、今度はカウンターの端に一人で座っている中年の男と思い切り目が合ってしまった。

慌てて正面を向き直り、気を落ち着けようとビールを口に運ぶ。

「どう、ドキドキした？」

「……違う意味で」

直希は横目で男を睨《にら》んだ。

「なんでわざわざこんな店に連れてくるんだよ。趣味じゃないとかいいながら、あんたホントは俺とホモろうとしてるんじゃねーの？」

阿倍は涼やかな笑みを返してきた。

「だったらどうする」

「……帰る」

直希は速《すみ》やかに立ち上がった。

阿倍が直希のベルトに指をひっかけてスツールに戻した。

「冗談だよ」

「不快なことを忘れるには、それを上回る衝撃《しょうげき》を与えるといいと思ったんだ。でも気分を害したなら謝るよ。前にゼミの学生を案内したときは、なかなか好評だったんだけど」

そう言われて、なぜか一瞬白けた気分になった。

「ほかの奴《ヤツ》らもこんなとこに連れてきてるわけ？　もうホモだってことバレバレじゃん」

「ここじゃなくて、女性客も入れるようなショー主体の店だよ。女の子たちが行ってみたいっていうから、つきそいで行っただけで、彼女たちは誰も僕がゲイだなんて知らないさ」

「ふうん」

「ここはお気に入りの隠れ家だから、誰にも教えたことはない。案内したのはきみが初めてだよ」

艶《つや》っぽい笑みを向けられて、不覚にもどきりとする。

「……やっぱり俺にエロいことしようとか考えてるだろう」

「あ、バレた？」

そういう阿倍の口ぶりは完全に冗談とわかるものだった。

直希がすっくと立ち上がると、再び阿倍がベルトを引っ張った。

「だから冗談だって」

「トイレだよ」

阿倍の手を払って、手洗いと思《おぼ》しき方向に向かう。

歩き始めてみると、自分が微妙に酔《よ》っていることに気付いた。慣れない店の居心地の悪さから、飲めもしないビールをグラス一杯空《から》にしていた。

拡張した血管から血の気が引いて、軽い脳貧血状態に陥《おちい》り、ふらふらしながらトイレのドアを開ける。

洗面台の鏡に映った顔は、はっきりわかるほどに上気していた。

「うわっ、みっともねー」

なんとか元に戻そうと、冷水で顔を洗い、手でパタパタと風を送っていると、背後のドアが開いた。

入ってきたのは、カウンターに座っていた中年男だった。

そう広くないトイレなので、直希は場所を譲《ゆず》って外に出ようとした。しかしなぜか男は進路を塞《ふさ》ぐように立ちはだかってくる。

「きみ、モデルさん？」

唐突に声をかけられ、「は？」となる。

「違いますけど」

「違うのか。すごいかっこいいから、そういう仕事してる子かなと思って」

ほろ酔い状態で、ああまたスカウトか、とうんざりする。

そういう仕事は興味ないからと、断ろうとしたら、男が先に口を開いた。

「一緒にいたのは彼氏？」

「は？」

何のことだかわからず、ぽかんと問い返す。

一瞬後、阿倍とゲイカップルだと思われていたのだと悟って、毅然《きぜん》と否定する。

「まったく違います。単なる顔見知りですよ」

男の顔がぱっと輝く。

「そうか。だったらどうかな、このあと店を変えて、俺と飲まない？」

「え？」

再びわけがわからず問い返す。

もしかしてナンパされてるのか？

いや、でも、自分のようなタイプはゲイにはもてないと阿倍は言ってたよな。

ゲイにもてるのは、マッチョで大人な……。

酔った頭で阿倍の言葉を反芻《はんすう》していると、男は唐突に直希に下半身を押し付けてきた。

「俺、こう見えて結構すごいよ？」

すごい？　なにが？

女の子に告白されることには慣れていても、男に迫《せま》られた経験などない直希は、身の危険を察知するのがやや遅れた。

「うわっ！」

慌てて背後に飛びのいた。

「びっくりした？　ね、結構すごいだろう？」

俺がびっくりしたのはそういう意味じゃない！　と言い返したかったが、驚愕《きょうがく》のあまり言葉にならない。

男が再び間合いを詰めてくる。

あとずさりしようにも後ろはすでに洗面台だ。

これはもう殴《なぐ》り飛《と》ばして逃げるしかないと直希が拳《こぶし》を固めた時、ドアが開いた。

中を覗き込んできたのは阿倍だった。

「大丈夫？　なかなか出てこないから、どうしたのかと思って」

声をかけながら、直希と男の距離の近さに眉根《まゆね》を寄せる。

つかつかと中に入ってきて、阿倍は直希と男の間に長身を割り込ませた。

「僕の連れに何かご用ですか？」

真正面から視線を合わせて問われ、

「あ、いや……」

男はおどおどと口ごもった。

「行こう」

阿倍は直希の肩に手を回し、手洗いから連れ出した。

「触んなよ。俺までホモだと思われるだろう」

阿倍の手を振りほどこうと身をよじると、酔いで身体がふらりとなった。

「大丈夫？」

再び阿倍が支えの手を伸ばす。

「大丈夫じゃねーよ。こんな店に連れてくるから、犯されそうになったじゃねーか！」

「何かされたの？」

阿倍が真剣な顔で訊《たず》ねてくる。

「ヘンなモノを押し付けられて、身の毛がよだった！　俺はホモにはモテないんじゃなかったのかよ！　ウソつき」

自分ではそうと気づかぬまま、酔いと怒りと恐怖の反動で、声高く饒舌《じょうぜつ》になっていた。

阿倍はバーテンダーに短く声をかけると、そのまま直希を店の外へと連れ出した。短い路地を抜け、表通りに向かう。

宵《よい》の街はネオンと渋滞した車の赤いテールランプに明るく彩《いろど》られていた。蒸し暑い歩道を、これから一杯ひっかけに向かうらしい人々が楽しげに歩いている。

「悪かったよ。怖い思いをさせて」

阿倍がいつになく気遣《きづか》わしげな口調で言う。

「怖いなんて言ってない。気色悪かっただけだ」

言い返しながら段差に躓《つまず》いてよろけた。

「きみ、かなり酔ってる？」

「酔ってねーよ」

阿倍が顔を覗き込んできた。

「顔が真っ赤だよ。もしかしてアルコールは苦手なの？」

直希はよろけながら、火照《ほて》った顔を阿倍から逸らした。

「研究室で『ビール』って言ったのは冗談だったのか。飲めないなら、言ってくれればいいのに」

縁石を踏み外しそうになった直希の肩を、阿倍が抱きとめた。

再び「触るな」と振りほどきかけてやめる。

男の腕に身をゆだねることには、妙な安心感があった。

そうだ、俺は酔ってるんだ。足もとのおぼつかない酔っぱらいに手を貸すのは当たり前のことで、ゲイじゃなくたってすることだ。別に意識するようなことじゃない。

「空《す》きっ腹に飲んだから、余計回ったんだろう。気分が悪くなかったら、何か食べに行こう」

甘やかすように阿倍が言う。

「何か食べたいものはある?」

「……きのことトマトと玉ねぎとチーズとカボチャと貝と辛《から》いもの以外」

指を折って数え上げる直希に、阿倍がふっと笑った。

「なるほど。じゃあイタリアンと韓国料理は除外だな」

「酒ももういらない」

「了解」

「あと、さっきみたいな類《たぐい》の店もやだ」

「わかってるよ。今度こそ王子様に気に入っていただける店にエスコートしますよ」

阿倍は愉快《ゆかい》そうに請《う》け合《あ》って、直希の肩をごく自然なしぐさで支えて歩きだした。

行き先も自分の体重も阿倍に預けて、直希は妙な解放感に浸《ひた》っていた。

この居心地の良さはなんだろう。

そもそも直希は誰かと一緒にいることをあまり好まなかった。周囲にチヤホヤされるのは悪い気のするものではないが、虚勢を張っている分、なんとなく疲れて面倒になってくる。女の子とデートに行ったら行ったで、エスコートするのがうざいと思うことが度々《たびたび》だった。一見傲《ごう》慢《まん》身勝手で、なんでも自分で決めてしまいそうに見えて、実は直希は主体的になにかをするのが得意ではなかった。

その点、すでに本性がバレている年上の男に全部押し付けてわがままを言うのは、密《ひそ》かに直希の性《しょう》に合っていた。

さっきのトイレでの恐怖体験の反動もあってか、妙にテンションがあがっていた。

なまあたたかい夏の宵を、直希は阿倍に身をゆだねて機嫌よく歩いた。


真夏の垂直《すいちょく》の日差しが、キャンパスに濃い陰影を落としている。

一号棟の前の狭《せま》い日陰で、阿倍《あべ》が男子学生に呼び止められ立ち話を始めた。

カフェテリアの窓際の席から、直希《なおき》はぼんやりとそれを眺《なが》めていた。

女子学生に対して下心はないと断言していた阿倍だが、男子学生に対してはどうなのだろうか。遠目ではっきりとは見えないが、阿倍は随分《ずいぶん》楽しそうに見えた。

若い奴《ヤツ》は痩《や》せすぎで好みじゃないって言ってたよな。でも今喋《しゃべ》ってるあいつは結構太マッチョじゃないか？

思わず身を乗り出しかけて、我に返る。

何をやってるんだ、俺は。

テーブルに頬杖《ほおづえ》をつき、直希はゆうべの出来事を思い起こした。

ゲイバーを出た後、阿倍は鉄板焼きの店に直希を連れて行った。目の前の鉄板で肉や魚介《ぎょかい》を焼いてくれる、値の張る店だ。

酔《よ》ってぼーっとしている間に、阿倍が直希の好みを考慮《こうりょ》してあれこれオーダーしてくれた。

阿倍はとてもまめな男だった。直希の皿の肉を食べやすく切り分けたり、さっとナプキンを差し出したりと、子供でもあやすように世話を焼いてきた。しかもやたらと構いたがる割に、押しつけがましさがない。

デザートのアイスクリームの鉄板焼きを阿倍の分まで平らげ、タクシーでマンションに送ってもらう間、酔いも手伝って直希はとても気分がよかった。別れ際に名残惜《なごりお》しささえ感じたほどだ。

いや、だからって別に俺はホモにほだされたわけじゃない、と直希は自分に言い訳をする。

多分、年上から甘やかされて世話を焼かれることが、ツボにはまるのだ。

今までプライドの観点から少しでも自分より経験値の低そうな女の子をターゲットに狙《ねら》ってきたが、もしかしたらもっとずっと年上の世慣れた女の方が自分には向いているのかもしれない。

そんなことを思いながら再び窓の外に視線をやると、阿倍が男子学生の肩を手のひらでポンポンと叩くのが見えた。

何をイチャイチャしてるんだよ。やっぱり太マッチョが好みかよ。

イラッとしかけて、また我に返る。

……だから何なんだよ、俺。

「岩佐《いわさ》ってば聞いてる？」

向かいの席の康太《こうた》がメロンパンをくわえて直希の顔を覗《のぞ》き込《こ》んできた。

「あ？　何だよ」

直希が怪訝《けげん》に問い返すと、康太はテーブルに身をのめらせた。

「午後の『ローマ法』のテキストを忘れちゃったから、隣に座って覗かせてくれって、さっきから三回も頼んでるだろ」

「別にいいけど」

気のない返事をして、窓の外に視線を戻す。

阿倍がなにか言うと、太マッチョが身をのけぞらせて笑った。

なんかムカつく。いや、別にやきもちをやいてるわけじゃない。やきもちなんかやくいわれもない。

だけど誰にでもいい顔をする奴はなんかムカつく。

太マッチョの会釈《えしゃく》に片手をあげてこたえ、阿倍は一号棟の中へと消えて行った。

直希はゆらりと立ち上がった。

「あれ、もう行くの？　じゃ、俺も」

康太は残りのメロンパンを、無理矢理口に押し込んだ。

直希は鞄《かばん》から「ローマ法」のテキストを引っ張り出して、テーブルに放った。

「俺、今日はパス」

「え？　なんで？」

あっけにとられている康太を残して、カフェテリアを出る。

焼けつく日差しの下を横切って、直希は一号棟へと向かった。

もはや通い慣れた阿倍の研究室のドアを、ノックもせずに開ける。

書架の前に立っていた阿倍が、振り向いて笑顔になった。

「やあ。いらっしゃい」

「お茶」

ぶっきらぼうに言って、どかっと椅子に腰をおろす。

阿倍の笑顔に呆《あき》れた色が混じる。

「きみ、僕をなんだと思ってるの？」

「ホモ」

「ピンポーン！　……じゃなくてさ、先生に単語で命令を下《くだ》す前に、『昨日はごちそうさまでした』とか、挨拶《あいさつ》の順番ってあるでしょう」

「『昨日はごちそうさまでした』」

「だから棒読みすんなよ」

直希の頭をポンと叩いて、阿倍は冷蔵庫を開いた。

太マッチョには『ポンポン』だったのに、俺は『ポン』かよと、なぜか不服に思っている自分に、再び「何なんだよ」と胸の中でツッコミを入れる。

阿倍は直希の前にうやうやしくグラスを置いた。

「また空《あ》き時間にコソ勉ですか、王子様」

空き時間ではなく、もうすぐ必修科目の講義が始まるというのに、息巻いてここにやってきた自分はいったい何をしたかったのだと、直希は自問する。

「昨日のアレ、トラウマになってないか？」

眉間《みけん》に皺《しわ》を寄せて考え込む直希に、阿倍がふいと訊《たず》ねてきた。

「アレって何？」

自分の行動への疑問でいっぱいだった直希は、質問の意味がわからず問い返す。

阿倍の顔がほっとくつろいだ。

「バーのトイレでの件だよ。僕の浅慮《せんりょ》なエスコートのせいで嫌な思いをさせて本当に申し訳なかったけど、忘れてるくらいならよかった」

「忘れてねーよ」

本当はすっかり忘れていたくせに、負けず嫌いに言い返す。

「俺はホモには好かれないってあんたが言うから、油断したじゃねーかよ」

「何事にも例外はある。蓼食《たでく》う虫も好き好きってね」

「誰が蓼だよ。つか蓼ってなんだよ？」

直希のふくれっ面《つら》に、阿倍は陽気に声をたてて笑った。

「僕は講義があるから行くけど、どうぞごゆっくり」

腕時計に視線を落として、阿倍が言った。

阿倍がそのままこの部屋にいて、もうしばらく他愛《たわい》ない雑談を交わし続けていれば、胸の中のわけのわからないモヤモヤはなんとなく霧散《むさん》していたに違いない。

けれど今しもここから出て行こうとしている後ろ姿に、妙な焦《あせ》りを感じた。

このまま取り残されると、ずっとモヤモヤし続けることになる。出て行く前に、このモヤモヤを取り除いてもらわないと。

……でもどうやって？

だいたい、俺はなぜ、何に対して、モヤモヤしてるんだよ？

「じゃあな」

笑顔で言って、阿倍がノブに手をかける。

「あ、ねえ！」

自問自答にけりもつかぬまま、直希は阿倍を呼び止めた。

「ん？」

阿倍は動きを止め、直希を振り返る。

「さっきの太マッチョって、先生の好みのタイプ？」

自分の口から転がり出た質問に、自分で「え？」となる。俺はそんなことを確認するために講義をさぼるつもりなのか？　自他共に認めるナルシストの俺が、どうして他人の嗜好《しこう》にそんな下世話な野次馬根性を発揮《はっき》してるんだ？

言った直希が混乱しているくらいだから、言われた阿倍はさらに狐《きつね》につままれたような顔になった。

「太マッチョ？　なんの話？」

質問を取り下げようと思ったが、言いかけてやめるとより意味深な印象を与えそうだと思い直した。

直希は作り笑いを浮かべて、茶化すように言った。

「さっき外で男と立ち話してたでしょう」

「男？　ああ、島村《しまむら》くんのことか。うちのゼミの学生だよ」

「なんかイチャイチャ楽しそうだったね。ああいう体型がタイプだって、前に言ってたよな」

「あ、もしかしてやきもちやいてる？」

笑顔で切り返されてカチンとくる。

「なんで俺がホモにやきもちなんかやくんだよ。気持ち悪い。ホモがばれたくないなら、構内であからさまに鼻の下を伸ばすなって話だよ」

「ご忠告ありがとう」

阿倍はにっこり笑って、思いをめぐらすように芝居がかったしぐさで片手を顎《あご》に当てた。

「島村くんをそういう対象として見たことはなかったけど、そう言われてみれば意外とタイプかも。灯台《とうだい》もと暗しだよな」

阿倍はほがらかな笑顔で言い、テキストを抱《かか》えて研究室を出て行った。

残された直希は、更《さら》に消化不良な不快さに苛《さいな》まれながらイライラと爪《つめ》を嚙《か》んだ。

阿倍のおどけた口調からして、タイプ云々《うんぬん》の話が冗談なのはわかるし、そもそも阿倍がどんなタイプが好きだろうと直希にはまったくどうでもいいはずなのに、無性にイライラする。

俺をゲイバーなんかに連れていっておいて、好みのタイプはあいつかよ。

この部屋を自分に自由に使わせてるのだって、単なる口止め料代わりで、ホントは好みの学生を連れ込んでエロいことをしたいと思っているに違いない。

あのエロ准教授《じゅんきょうじゅ》は、どんな顔で男を抱くのだろう。あの手で、あの唇で、どんなふうに相手を籠絡《ろうらく》していくのだろう。

その様を想像すると、背筋がぞくぞくした。

だがそのぞくぞくは、嫌悪感からではなかった。

直希はゆっくりと自分の下半身に視線を落とした。

阿倍の情事を思い描いたせいで、身体が不思議な熱を帯びている。かつて女の子相手に役に立たなかったものが、想像だけで反応を示し始める。

「……変態かよ、俺」

半《なか》ば呆然《ぼうぜん》としながら、直希は自分の視線からその場所を庇《かば》うように膝を抱えた。

俺はホモなのか？　あの男のことが好きなのか？

いや、そんなはずはない。

単にこの部屋や、自分を甘やかすあの男の態度が、やけに居心地がいいというだけの話だ。

しかし世間ではその居心地の良さを愛とか恋とか呼ぶのではないか？

まさか。でも。

一人きりの研究室で、煩悶《はんもん》を繰り返す。

自分を試すように、直希は再び阿倍の姿を脳裏《のうり》に思い描いた。

阿倍に抱き寄せられるところを想像してみる。昨夜、酔った自分を支えてくれた手の感触を思い出す。

身体も心も、あからさまにキュンと反応を示した。

ヤバい。

マジかよ。

直希は両手で自分の口元を覆《おお》った。

なぜこんなことになったのだろう。

この俺が男を好きなんて、あり得ない。

そんなことは一刻も早くなかったことにしなくては。

直希は鞄に手を突っ込んでキーホルダーを引っ張り出した。

研究室の鍵《かぎ》をむしり取って阿倍のデスクに放り、足早にドアへと向かう。

ドアの前で足が止まった。

自分がこの部屋に来なくなったら、他の誰かが入《い》り浸《びた》るようになるかもしれない。たとえばあの太マッチョとか。

阿倍が誰かと親密にしているところを想像すると、頭がぐらぐらと煮えくりかえりそうになった。

「やっぱダメだ」

直希は阿倍のデスクに取って返して、鍵を取り返す。

しかし研究室の鍵を死守してみたところで、大学以外での阿倍の私生活は直希のまったくあずかり知らないことなのだ。

阿倍に恋人はいるのだろうか。前に流れでその手の質問をした時、なんて答えていたっけ？

あれこれ思いをめぐらせながら、直希は落ち着きなく部屋の中をうろうろした。

二十歳にして童貞《どうてい》であるのみならず、直希は今まで恋というものをしたことがなかった。件《くだん》の「失敗」の相手も含め、女の子に乞《こ》われてつきあったことは何度かあるが、面倒くささしか感じなかった。誰かを想ってこんなふうにぞくぞくしたり独占欲を覚えたりするのは生まれて初めての経験だった。

この居心地のいい場所を自分のものにし続けるにはどうしたらいいのだろう。

男相手に、しかもよりにもよってあの阿倍を相手に、どんな顔で今の自分の気持ちを伝えればいいのだ？

「好きです、とか？」

ぼそぼそとひとりごちて、直希は両手で頭をかきむしった。

「言えるかよ、そんなの」

自分があの男に恋しているらしいという、気づいたばかりの真実は、直希にはかなり屈辱《くつじょく》的《てき》だった。

これまで散々生意気な態度をとってきて、今更しおらしく告白なんかできるはずがなかった。高すぎる自尊心と、恵まれすぎた容姿の上に胡坐《あぐら》をかいて生きてきたため、手練手管《てくだ》を要することにはまったく不慣れで不向きだった。

とにかく気を落ち着けなければ。

そうだ、こんな時にはとりあえず勉強に没頭《ぼっとう》してみるといいかもしれない。

直希は鞄から眼鏡《メガネ》を引っぱり出してかけ、椅子を引きよせて腰をおろそうとした。

その時、不意に研究室のドアが外側から開いた。

「コソ勉ははかどったか?」

「うわっ!」

突如《とつじょ》現れた阿倍の姿に、直希は目測を誤って床にひっくり返った。

阿倍は眼を瞬《しばた》いた。

「その剽軽《ひょうきん》なパフォーマンス、そそられるなぁ。だけどそんなに驚くことないだろう」

「いきなり入ってくるな。ノックくらいしろよ」

「そういうきみこそ、いつもノックなんかしないじゃないか。だいたいここは僕の部屋だよ」

阿倍はデスクに荷物をおろし、苦笑交じりに「ほら」と直希の手を引いて助け起こした。

触れ合った指先の熱に、心臓がどきどきいいだす。

直希は動揺してその手を振りほどいた。

「忘れものかなんか？」

「え？」

「何か取りに来たんだろう」

「いや、講義が終わったから戻ってきたんだけど」

あっさり答える阿倍に、直希は軽く衝撃を受けた。

ということは俺はここで二時間近くも懊悩《おうのう》していたのか。

阿倍は手つかずのグラスや、何も置かれていないテーブルの上をのんびりと見回した。

「勉強してたんじゃないのか。昼寝でもしてた？」

「違いますよ」

あんたのことを考えて悶々《もんもん》としてたんだよ。

……などとはもちろん言えない。

「そろそろ帰ろうと思ってたとこです」

直希は鞄を抱え直した。

ひとたび意識してしまったら、とても尋常《じんじょう》ではいられない。黙っていても脳みそから動揺《どうよう》がダダもれしている気がする。

ひとまずこの場から逃げようとドアノブに手を伸ばしたとき、外からノックが響いた。

直希はびくっと手を引っ込める。

代わりに阿倍がドアを開いた。

顔をのぞかせたのは、件《くだん》の島村という学生だった。

遠目にマッチョに見えたのは、服装の影響が大きかったようだ。こうして近くで見ると、さほどのボリュームではなかった。

「先生、さっきのアンケート、回収してきました」

「お、早いな」

「だって急ぎだって言ってたじゃん」

「うん、助かるよ。サンキュー」

「お礼は前期試験免除でお願いします」

「バーカ」

阿倍は受け取った紙束《かみたば》で太マッチョの頭をバサバサと叩いた。

「ちぇっ」

「明日、学食でAランチをおごってやるよ」

「デザートもつけてくださいよ」

島村は陽気に言って帰って行った。

二人の気さくなやり取りを聞きながら、直希は心穏やかではいられなかった。

なんだよ、イチャイチャしやがって。Aランチがなんだ。俺は昨日、高級鉄板焼きをおごってもらったんだからな。

だがしかし、過去の鉄板焼きより、未来のAランチである。

雑用の礼とはいえ、阿倍と約束を取り付けていることが許せない。

阿倍を独占したい。けれどその方法がわからない。

あらかじめ恋愛対象外だと宣告されているのに、正面切って告白するほど、直希は愚《おろ》かでも勇敢《ゆうかん》でもなかった。

「どうした？」

鞄を抱えてドアの前で立ち尽くしていると、阿倍が顔を覗き込んできた。

何をどう言えばいいのかわからないまま、直希はぼそぼそと口を開いた。

「大してマッチョじゃないじゃん」

「え？　……ああ、島村くんのこと？」

「マッチョがタイプとか言いながら、結局男なら誰でもいいんじゃねーの？」

初心《ウブ》な本音が出てしまうことを恐れて、直希はわざと露悪的《ろあくてき》な言い方に走る。

「あの程度でいいなら、俺でも大差ないじゃん。つーかなんだかんだ言って俺に親切にしてくれるのって、やっぱ下心があるんじゃねーの？　何なら試してみる？　昨夜ゴチになったお礼に、一回くらいなら我慢してつきあってあげてもいいけど？」

うわーっ、思いっきり誘ってしまった！

皮肉っぽい笑みを浮かべてみせながら、直希はひどくドキドキしていた。

阿倍の端整な顔に間近にじっとみつめられ、思わず瞳を伏《ふ》せる。心臓が口から飛び出しそうに跳ねあがる。

きっかけは遊びでも、一回やったら俺に本気になるかもしれない。そうなるように死ぬ気で頑張らないと。

いや、だけど考えてみれば男はおろか女とも経験がない俺に、相手をその気にさせるようなことができるのだろうか。

平静を装いながら内心は混乱の嵐の直希に、阿倍は静かに言った。

「きみにとって、ゲイというのはからかって蔑《さげす》む珍獣《ちんじゅう》か」

その抑揚《よくよう》のない低い声に、直希はぎくっとして視線をあげた。

阿倍の目はまったく笑っていなかった。

婉曲《えんきょく》すぎる誘い文句は、まったくその真意が伝わっていないようだった。

「男なら誰でもいいとか、我慢してまでつきあってもらいたいとか思うほど、不自由してないよ」

声音こそ穏やかだったが、その目の色には不快さがにじみでていた。

頭の熱がすうっと冷えていく。

怒らせてしまった。

しかも、改めて対象外の烙印《らくいん》を押されてしまった。

ものすごくショックで動揺しまくっているのに、高すぎる自尊心のせいで、咄嗟《とっさ》に謝ることも傷ついてみせることもできなかった。

だから直希は、眼鏡ごしにいつものように高慢に笑ってみせた。

「なんだよ。ただの冗談なのに、そんな怒ることないじゃん。やだやだ、ホモのヒステリーって」

阿倍の腕をくぐり抜け、

「じゃあね」

いつもと変わらないふうを装って、部屋を出た。

ゆったりとした足音を響かせて、一号棟の出口へ向かう。

蒸し暑い表に出たとたん、直希は逃げるように駆けだした。

怒らせた。嫌われた。

だけど、だって、どう伝えればいいのかわからなかったのだ。

こみあげてくる熱いかたまりを飲み下しながら、傲岸不遜《ごうがんふそん》で稚拙《ちせつ》な王子は生まれて初めて激しい自己嫌悪に襲われていた。

「いよいよ夏休みかー」

カフェテリアのテラスの日陰で夕涼みしながら、莉子《りこ》が楽しそうに言った。

「そうだな」

気のない相槌《あいづち》を打って、直希《なおき》はため息をついた。

直希と莉子の履修《りしゅう》科目は、今日で前期の講義がすべて終了した。

莉子はこのあと康太《こうた》とカラオケに行くとかで、直希は康太が来るまでの時間つぶしにつきあわされているのだった。

いつもなら気の乗らないつきあいなどばっさり断って、さっさと帰っている。しかし今日は断る気力もなく、長い脚《あし》をベンチに無気力に投げだしていた。

今日というより、阿倍《あべ》を怒らせた三日前から、直希は鬱々《うつうつ》としていた。

あのあと、研究室の鍵《かぎ》だけ持ってマンションの鍵がついたキーホルダーを阿倍の部屋に落としてきたことに気付いたが、取りに戻る勇気はなかった。

入《い》り浸《びた》っていた研究室からは足が遠のき、構内でも阿倍と鉢合《はちあ》わせしないようにこそこそしていた。

「岩佐《いわさ》くん、夏休みの予定は？」

「別に」

「じゃあどこか行こうよ。康太と海に行きたいねって言ってるんだけど、二人で泊まりとなるとうちの親がうるさいから、岩佐くんもつきあってよ。可奈《かな》ちゃんたちにも声かけてみるし」

莉子の声が右から左へと抜けていく。

明日から夏休みだと思っても、まったく楽しい気分にはならない。

頭の中に繰り返し浮かんでくるのは、あの時の阿倍の、侮蔑《ぶべつ》とも憤《いきどお》りともつかない、剣呑《けんのん》な目だ。

『男なら誰でもいいと思うほど、不自由してないよ』

ばっさりと自分を切って捨てたあの静かな声。

思い出すたびに胸の奥がキンと冷たく痛む。

自分がこんなにたやすくへこんだり傷ついたりするなんて、思ってもいなかった。

直希は、三年前に自分が傷つけた女の子のことを考えた。

『ブスじゃ勃《た》たない』

自分の失敗をなかったことにするために吐《は》いた、最低最悪なあのひとこと。

阿倍のあの程度の言動でこんなにショックを受けている自分を思うにつけ、あの時の暴言がどれほど彼女を傷つけたか想像にあまりある。

もちろん、言ったときもその後も、ずっと後味の悪さは感じ続けていた。けれど、自分のプライドを守ることにばかり躍起《やっき》になって、相手のことを深く思いやる余裕はなかった。思いやれるくらいなら、そもそもあんな暴言を吐くわけもないのだが。

直希は思わずため息をついた。

傍《かたわ》らで何やらぺらぺらとまくしたてていた莉子が、直希の顔を覗《のぞ》き込《こ》んできた。

「どうしたの？　元気ないね」

「別に」

そっけなく切り返して、ふと莉子に視線を向ける。

そういえばこの間、莉子の口からあの子の名前が出たことがあった。

「なあ」

「ん？」

「この前さ、」

「うん？」

「……やっぱいい」

「なによ、その歯切れの悪さ。岩佐くんらしくもない。言いかけたことは最後まで言ってよ」

莉子に突っ込まれ、ちょっと考えてから再び口を開いた。

「この前、山口杏《やまぐちあん》に会ったって言ってたよな。……どんな感じだった？」

「どんなって、ますますきれいになってたよ。あ、もしかして今頃になってもったいなかったとか思ってる？」

「思ってねーよ。おまえが会ったって言うから、どうしてるのかなと思っただけ」

「すごく元気そうだったよ。彼氏と一緒だった」

思いがけない情報に、直希はちょっと驚いた。

「……へえ。そうなんだ」

「うん。外見は岩佐くんほどかっこよくはなかったけど、性格は百万倍良さげな人だったよ」

莉子の話に、胸のつかえが少しだけ軽くなる。

それで自分の罪《つみ》が軽くなるわけではまったくないが、少なくとも今幸せにしているならよかった。

ほっとした視界に、ふと一号棟から出てくる阿倍の姿が目に入った。

直希はベンチから飛び降り、こそこそと背もたれのかげにしゃがみ込んだ。

「岩佐くん？　どうしたのよ」

「ちょっと立ちくらみが……」

「大丈夫？　貧血？」

「いや、大丈夫だから」

「医務室、まだ開いてるかな。っていうか私一人で岩佐くんを医務室まで運ぶのは無理かも。誰か呼んでくるから待ってて」

「大丈夫だって」

阿倍に見つからないように隠れたというのに、こうも騒がれては意味がない。

直希が阿倍を避けているのは、単に顔を合わせる気まずさからだけではなかった。自分を見て、阿倍がどんな反応を示すのかが怖い。この間のような冷《ひや》やかな表情で無視されたらと思うと、胸がキリキリと痛くなる。

頼むから静かにしてくれと言おうとした矢先、莉子が更《さら》に大きな声をあげた。

「あ、ラッキー、阿倍先生だ。せんせーい！　ちょっとすみませーん！」

「バカ！　やめろよ」

直希は身を縮《ちぢ》めたまま莉子のチュニックの裾《すそ》を引っ張った。だが事情を知らない莉子はお構いなしに叫び続ける。

「友達が具合悪くなっちゃったんですけど、ちょっと手を貸してもらえませんかー！」

ザクザクという靴音《くつおと》が近づいてきて、頭の上で阿倍の声がした。

「どうしたの。大丈夫？」

「貧血みたいなんですけど、医務室まで運ぶのを手伝ってもらえませんか」

「大丈夫だから！」

直希は勢いよく立ちあがった。

「もう治ったから、平気」

だがしゃがんだ体勢からあまりに勢いよく立ちあがったせいで、今度は本当に立ちくらみがして足元がふらついた。

「平気じゃないじゃん。やせ我慢はよくないよ。ね、先生」

だからその男に振るなよ、バカ！　と心の声で叫ぶ。

「そうだね。医務室より僕の部屋の方が近いから、しばらく休んでいったら？」

顔をあげることができない直希には、阿倍の表情は見えない。この間のことを思えば、内心迷惑だと思いながら、莉子の手前教員としての義務で気遣《きづか》ってみせているに違いない。

「先生もこう言ってくれてるし、ちょっと休ませてもらいなよ」

莉子が直希の鞄《かばん》を拾い上げ、阿倍が促《うなが》すように直希の背に手を添えた。

その手の感触に身体がぎゅっと強張《こわば》る。

触れられるときめきと、義務感で嫌々触れているのであろう男へのやるせなさとがあいまって、複雑な切なさが胸を満たす。

阿倍の研究室の前で、直希は莉子の手から鞄を取り返した。

「おまえは康太と待ち合わせしてるんだろ。さっさと戻れよ」

できれば阿倍と二人きりになりたくなかったが、気位の高い直希はそれ以上に、阿倍との間のぎこちない空気を莉子に感付かれたくなかった。

「ちょっと何よ、その言い方。心配してあげてるのに」

口を尖《とが》らせてみせながらも、直希の傲慢《ごうまん》には慣れっこの莉子は、

「すみません先生、よろしくお願いします」

阿倍に頭を下げて、振り返り振り返り待ち合わせ場所に戻って行った。

二人きりになると、とたんに気まずい静寂が訪れた。

阿倍はすっと直希の背中から手を離し、研究室のドアを開けた。

「どうぞ」

いつもと変わらない穏やかな声で促す。

「……もう大丈夫だから、俺も帰ります」

顔をあげられないまま、直希はぼそぼそと言った。

「そう。じゃ、気をつけて」

素《そ》っ気《け》なく返されて、直希は自分が密《ひそ》かに引き留められることを期待していたことを知る。

引き留めてくれたら、それをとっかかりにこの間のことをさらっと詫《わ》びて、関係の修復を図《はか》

れたかもしれないのに。

不安定な気分で直希は鞄を肩にかけて阿倍に会釈《えしゃく》した。

「あ、ちょっと待って」

不意に阿倍が言った。

胸が期待でどきんと波打つ。

阿倍は部屋の中に消え、すぐにキーホルダーをぶら下げて戻ってきた。

「これ、きみの?」

事務的な口調で訊《たず》ねてくる。

なんだ、そんなことか。

直希は落胆《らくたん》しながら頷《うなず》いた。

これを受け取ったら、今度こそ帰るほかない。

幸か不幸か明日から夏休みだ。当分阿倍と顔を合わせることもない。このみじめでやりきれない気持ちのまま、長い夏休みを過ごすのだ。

キーホルダーを受け取ろうと差し出した右手が、小刻みに震えた。

なんだよ、これ。みっともない。

止めようとすると、震えはますますひどくなった。

最悪だ。絶対変に思われる。

直希はぱっとキーホルダーをつかみとり、一刻も早く阿倍の視界から消えようと、勢いよく踵《きびす》を返した。

視界がぼやけてよく見えない。歩きだしたとたんに、反対側からやってきた助手と思《おぼ》しき白衣の男とぶつかった。

男の手から書類が舞う。

散乱した書類を拾おうと屈《かが》むと、古い板張りの床に点々と黒いしみがついた。

何やってるんだよ、俺。

二十年の人生で最低最悪のかっこ悪さだ。

直希は鼻をすすりながら、己《おのれ》の醜態《しゅうたい》にうんざりした。

ふいと横から長袖《ながそで》シャツの腕が伸びてきて、床に転がったキーホルダーと書類を手際よく拾い集めた。

部屋に引っ込んだとばかり思っていた阿倍が、頭上で白衣の男と何か言葉を交わすのが聞こえた。

阿倍の手が直希の二の腕をつかんで立ちあがらせる。

そのまま研究室の中へといざなわれた。

「大丈夫？　まだ体調が悪そうだな」

椅子を勧められ、直希はかぶりを振った。

「別に平気です」

「でも手が震えてる」

「…………」

「しかも泣いてるし」

当惑《とうわく》げな声でストレートに指摘されて、直希は拳《こぶし》でごしごしと目もとをこすった。

「……これは汗《あせ》です」

「汗って……。小学生のおねしょの言い訳じゃないんだからさ」

ツッコミを入れてくる口調がいつもの阿倍のものだったので、直希はほっと肩の力を抜いた。

とたんに、またぶわっと視界がゆがんだ。

「おいおい、どうしたんだよ？」

阿倍が焦《あせ》ったように顔を覗き込んできた。

ありえない。みっともなさすぎる。

けれど涙は自力では止められず、思考回路までもずぶ濡《ぬ》れにしてショートさせる。

「……だって、先生が迷惑そうだから」

しゃくりあげながら、直希は言った。

「え？」

「別に親切ぶって世話を焼いてくれなくてもいいよ。ホントは俺に嫌気がさしてるくせに」

「そんなことないよ」

「あるよ。この間のこと、怒ってるんだろ。それで俺をさっさと追い返したいんだ」

阿倍は困ったような声で言った。

「不快に思ってるのは、むしろきみの方だろう。さっき背中に触れたら、嫌そうに固まってたから、引き留めない方がいいかと思ったんだ」

直希はみっともなく充血しているであろう目で、阿倍を見上げた。

そんなふうにとられていたとは思わなかった。

「……それは緊張のせいだ」

「緊張？」

「まだ怒ってるかもとか、無視されるかもとか心配になって……」

己の涙に打ちのめされて、いつもなら絶対口にしない弱気な本音をぽろりともらす。

「怒ってないよ」

阿倍は困ったような笑みを浮かべて言った。

「でも、この前、きみの冗談に過剰《かじょう》反応したのは事実だ。大人げなかったとあのあと反省してたんだよ。それで泣くほど怯《おび》えてたのか？」

「…………」

「悪かったよ。だからもう泣かないでくれ」

デスクの上のティッシュを箱ごと取って差し出しながら、片手で頭を撫《な》でてくる。

そのいつもと変わらないしぐさに直希は肩の力を抜いた。ティッシュをさくさく抜き取って、鼻をかむ。

人前で泣くのは幼稚園の時以来で、それがこんなに一気に疲れることだったなんてすっかり忘れていた。

肩から上が熱をはらんで膨張《ぼうちょう》しているような感じがする。涙と一緒に胸の中から何かが流れ出てしまったみたいで、心もとないようなすがすがしいような、変に空疎《くうそ》な感じがした。

「……別に怒らせようとして言ったわけじゃない」

「うん、わかってる。毒舌はきみの十八番《おはこ》だからね。あの程度の冗談でキレるなんて、どうかしてたよ」

「違くて、冗談で言ったわけじゃないってことだよ」

直希はこんがらがった糸をほどくように、頭の中をさぐってぼそぼそ喋《しゃべ》った。

「先生が、あの大してマッチョでもない奴《ヤツ》をタイプだなんて言うから、だったら俺でもいいじゃんって思って……」

阿倍は眉間《みけん》に皺《しわ》を寄せた。

「どういうこと？　よく意味がわからないんだけど」

「……だから、俺のこと、す……好きになってくれないかなと思って」

泣いたせいでむくんだ頭に、さらに血が上《のぼ》ってぐらぐらする。

阿倍はあっけにとられたように目を見開いた。

「ちょっと待てよ。あれは侮蔑《ぶべつ》の言葉じゃなくて、誘い文句だったのか？　それはいくらなんでもわかりにくすぎるだろう」

「そんなの、だって、じゃあ、どう言えばよかったんだよ。対象外だって最初から断言されてるのに、正面切って好きだなんてかっこ悪いこと、この俺が言えるわけないだろ！」

……って思いっきり言っちゃってるじゃん、俺！

さっき涙と一緒に流れ去ったのは理性の箍《たが》だったのかと思い知ったが、あとの祭りだった。

珍しいものでも見るような目で直希を見つめて、阿倍が言った。

「僕のことが好きなの？」

直截《ちょくせつ》な問いに、耳が熱くなった。あまりにも恥ずかしくてみっともなくて、およそ考えられないような速度で心臓がどきどきいいだす。

ただ立っているだけなのに、全力疾走《しっそう》したあとのように息苦しくなって、本当に脳貧血を起こしそうだった。

「かっ、帰る」

直希は踵《きびす》を返して駆けだした。

とたんに、今度は半開きのドアの側面に激突した。

「……ってー」

ぶつかった勢いでドアは威勢のいい音をたてて閉まり、跳ね返された直希は額を押さえてへたり込んだ。

「大丈夫？」

阿倍が傍らに屈《かが》み込《こ》んで、直希の手をそっとはがした。

「うわっ、すごいたんこぶが出来てきた」

「……イタイ」

「そりゃそうだろう。まったくどうしてきみはそんなにそそっかしいんだ。外見とのギャップがありすぎる」

「……余計なお世話です」

「でも、そのギャップがたまらなく好きだ」

痛みの余韻《よいん》に気を取られていたせいもあり、阿倍の淡々とした台詞《セリフ》を聞き流しそうになる。

数秒のタイムラグを経《へ》て、阿倍の声は直希の脳みそに到達した。

直希はのろのろと顔をあげた。

思いがけない近距離に、阿倍の顔があった。

「……好き？」

「うん」

「俺が？」

「そうだよ」

「……それってどういう意味で？」

「もちろん恋愛対象としてだよ」

それ以外に何があるのだという表情。

「きみのことは一回生の頃から知ってた。そのルックスは目立つからね」

阿倍はこぶの具合を確かめるように直希の前髪をかきあげながら言った。

「きれいで傲慢《ごうまん》で成績優秀。でもよく観察してると、意外とおっちょこちょいで間が抜けてる。カフェテリアのテラスで友達の目を盗んでコソコソ調べ物してみたり」

「ケンカ売ってんのかよ」

「いやいや。そういうところがものすごく好みだなぁとずっと思ってた」

直希は胡乱《うろん》に阿倍を睨《にら》みあげた。

「ウソばっか言うなよ。俺のことを対象外だって何度も断言したじゃないか」

「教員という立場上、逆に『タイプだ』なんて断言したらマズいでしょう」

それはそうかとうっかり納得しそうになったが、冷静に考えてみれば、この男はもっとマズいことを散々言っているのである。

そんな直希の不満を視線から感じ取ったのか、阿倍は小さく笑った。

「本当を言うと、きみを油断させたかった。いきなり同性からタイプだなんて言われたらひくだろう？　だからまずはそういう対象じゃないってことをアピールして、気さくで話せるおにいさん的な地位を確立するところから始めようかと」

「……おにいさん？」

「いや、そこはツッコむとこじゃないから」

阿倍は顔の前で手を振ってみせた。

「でも、理性を保つのはなかなか大変だったな。この前、僕があげたシャツを着てきみがその長椅子にしどけなく寝そべっているのを見た時には、もうちょっとで襲《おそ》っちゃうところだったよ。なけなしの理性を総動員して必死で耐えたんだよ。健気《けなげ》だろ？」

そんな話、俄《にわ》かには信じられない。阿倍はいつだって涼しい顔で飄々《ひょうひょう》として見えたのに。

「下心がピークに達してたから、この間きみにそれを見透かしたような冗談を言われて、ついカッとなってしまった。きみの告白はわかりにくすぎるよ」

「そっちの方がよほどわかりにくいじゃんかよ」

「だからわからないようにしてたんだって」

阿倍は失笑をもらした。

「でも、研究室の合鍵なんて普通学生には渡さないものだし、それを渡された段階でなにか特別な感情をもたれてるかもとか疑わなかった？」

「……疑いかけるとあんたが『自意識過剰だ』って笑うし。それにあれは単なる口止め料がわりだろ」

「それもはったりだよ。僕は別にゲイだってことを隠してはいない。学生にわざわざカミングアウトして回ったりはしないけど、バレても構わないと思ってる」

「……なんだよ、それ」

直希は啞然《あぜん》として阿倍を見た。

「何一つ気付かれてなかったなんて、僕の外堀埋《う》め立《た》て作戦は大成功だったのか大失敗だったのか謎《なぞ》だな」

阿倍はひょいと肩をすくめた。

「でも、きみの方から愛の告白を頂《いただ》けたんだから、結果オーライってことで」

「あ……愛って、別にそんなんじゃ……」

「そんなんじゃないの？　僕は愛してるよ。きみが愛《いと》おしい。その口の悪さも、鼻っ柱の強さも、すべてをかわいいと思ってる」

かーっと首筋が熱くなる。

恋愛の成就《じょうじゅ》というのが、こんなにいたたまれず恥ずかしいものだなんて知らなかった。

「かわいいとか言うな！　キモい」

直希は両手で耳を覆《おお》った。

阿倍は眼を瞬《しばた》く。

「エロいなぁ」

「なっ、何がだよっ」

「酸《す》いも甘いもかみわけたような白けた美貌《びぼう》を誇《ほこ》るきみが、そんなふうに無防備に初心《ウブ》な表情をみせるのって、すごくエロティックだ」

「な……」

「前に、みんなの前でも素《す》を見せればばってアドバイスしたけど、前言撤回《てっかい》させてもらうよ。そういう色っぽい顔は、今まで通り僕の前でだけ見せて欲しいな」

すべてはっきり聞こえていたが、恥ずかしすぎてリアクションのしようがないのでぎゅっと耳を塞《ふさ》いで聞こえないふりをしていたら、ふと目の前でキーホルダーを揺らされた。

「これ、きみの部屋の鍵だよね」

「そうです」

「ちゃんと聞こえてるんじゃないか」

阿倍が失笑をもらした。

「鍵がない間どうしてたの？　友達の家にでも泊めてもらったのか」

「……俺が周りから陰口叩かれてるのは先生だって知ってるでしょう。客寄せに声はかかっても、泊まり合うような相手はいないよ」

莉子や康太なら快《こころよ》く泊めてくれたはずだが、阿倍の歯の浮くような褒《ほ》め言葉への反抗心から、わざと自虐的《じぎゃくてき》なことを言ってみせる。

実際は実家が十分通学圏内にあるので、パンがなければお菓子を食べろと言ったどこかの王妃さながらに、マンションの鍵がなければ実家に帰ればいいだけの話だった。

阿倍は直希の不遜《ふそん》な顔を見てふわっと笑った。

「きみの周りの連中はガキだよな。きみの真のかわいさがわかってないなんて」

またこっぱずかしいことを言われてカッカしながら、直希はキーホルダーに手を伸ばした。

阿倍がからかうようにキーホルダーを引っ込める。

更に手を伸ばすと、元々近かった阿倍との距離が更につまった。

あっと思った時には、頭の後ろを抱き寄せられ、唇を重ねられていた。

挨拶《あいさつ》のように何度か軽く触れ合ったあと、くちづけはいきなり深くなった。

「ん……っ」

侵入《しんにゅう》してきた厚ぼったい舌にざらりと口の中を舐《な》められて、思わず喉声がこぼれる。

女の子相手にキスをしたことはあっても、受け身でこんなふうに強引にくちづけられるのは初めてだった。

身体の中まで犯してくるような官能的なくちづけに、ぎゅんと甘い痛みが走り、たまらなくなって身をよじる。

濡れた音をたてて唇が離れる。その淫猥《いんわい》な音に、また身体のどこかがぎゅんとなる。

阿倍の端整な顔には、いつになく野性的な表情が浮かんでいた。その唇が自分の唾液《だえき》で濡れているのを見ると、頭の後ろのあたりがカッと熱くなって、心臓がひどくバクバクした。

「大丈夫？」

阿倍が小首をかしげるようにして直希の顔を覗き込んでくる。

「な、なにが？」

「気を失いそうな顔してる。刺激が強すぎた？」

「バッ……こんくらいで気なんか失うわけないだろ」

壊れそうな心臓を押さえて、むきになって言い返す。

「よかった。じゃ、続きもしていい？」

強い力で抱き寄せられそうになって、ぎゃっと突き飛ばす。

「いいわけないだろっ。ここがどこだかわかってるのか？」

直希の動揺ぶりに、阿倍が陽気に噴き出した。

「冗談だよ。いくら僕だって、こんなところでいきなりことに及《およ》んだりしないよ」

「当たり前だ。俺が好きなら、ちゃんと手順と段階を踏め！」

己のキャラクターを取り戻すべく尊大に言い放つと、阿倍はちょっと目を見開いてから、両手をパチパチと打った。

「いいねぇ、その王子様キャラ。ゾクゾクする。踏むよりむしろ踏まれたいよ」

……俺は本当にこのアホオヤジが好きなのか？　と思わず自問する。

「キモい。あんたマゾかよ」

「ふふ。Mと見せかけ実はS。きみとは正反対でしょう？」

「……どういう意味だよ、それ」

「相性ぴったりってことだよ」

阿倍は楽しそうに言って、ごく自然なしぐさで直希を甘やかに抱きしめてきた。

「嬉しいな。きみが僕のものだなんて」

耳元で囁《ささや》く。

「……俺はモノじゃねーよ」

屁理屈《へりくつ》で反論しながらも、受け身のキスや、こうして抱き寄せられることにそわそわとときめいている自分に戸惑《とまど》う。

初恋の甘酸っぱさに頭を抱えて走り去りたい衝動に駆られつつ、直希は汗ばむ手で怖々と阿倍のシャツをつかんだ。

PEACH

[ピーチ]

冷房の効いた研究室の長椅子に寝そべって、直希《なおき》はデスクに向かう阿倍《あべ》の端整な顔をぼんやりと眺《なが》めていた。

夏休みに入った大学構内は、閑散《かんさん》としていた。昼間は体育会系サークルの掛け声が響き渡っていたが、夕方になって大方のサークルの練習も終了したようで、ブラインドをおろしたサッシ越しに蜩《ひぐらし》の鳴き声がかすかに聞こえてくるのみになった。

淀《よど》みなくパソコンのキーボードを叩いていた阿倍が、ふいと顔をあげた。直希の視線をからめとると、その瞳に笑みが浮かぶ。

「働く恋人の姿に見惚《みと》れてるの？」

ぬけぬけとそんなことを言う。

うっかり見入っていたことに気づかれたきまり悪さに、直希は胸の上に伏《ふ》せてあった文庫本を手元に引き寄せて読んでいるそぶりを装おうとしたが、本は逆《さか》さまだった。

阿倍が軽く噴き出す。

直希は文庫本をテーブルの上に放り投げた。

「退屈《たいくつ》。もう飽《あ》きた」

ぞんざいに言い放つ。

学会の準備で、夏休み初旬《しょじゅん》は研究室で仕事をするという阿倍に、「一人で机に向かってるのも退屈だし、きみも勉強しにおいでよ」と誘われるまま、直希は毎日研究室に入り浸《いびた》っている。

午前中は助手や学生が出入りしているので、昼過ぎにやってきて、我がもの顔で長椅子を占領し、レポートをやってみたり、本を読んだりして気ままにすごす。

「退屈させて悪かったね。もう終わるから、片付けて飲みにでも行こうか」

阿倍がにこやかに言った。

退屈などと言ったのは、照れ隠しにほかならない。直希は、この部屋で阿倍と過ごす夏休みが、案外気に入っていた。

生まれて初めて、恋をした。

自分がこの男を好きなのだということを意識すると、妙に屈辱的《くつじょくてき》なような、甘酸《あまず》っぱいような、えも言われぬ居心地の悪さに見舞われる。けれどその居心地の悪さは決して不快ではなく、むしろ味わったことのない高揚感《こうようかん》を直希にもたらした。

デスクの上を整理していた阿倍が、立ち上がって直希の方にやってくる。

投げ出された直希の足をよけるように阿倍が長椅子に浅く腰を下ろす。学期中はいつも長袖《ながそで》のワイシャツにスーツかスラックスという格好だった阿倍だが、夏休みに入ってからはポロシャツにチノパンといったカジュアルな服装が多く、実年齢より若く見える。

阿倍に間近に顔を覗《のぞ》き込《こ》まれて、直希は人見知りな室内犬のようにドキドキしながら、何気ないそぶりを装って口を開く。

「大学の先生って、夏休みは優雅にバカンスを楽しんでるんだと思ってた」

「そんないいもんじゃないよ。これで案外忙しいんだ」

阿倍は長い指で直希の髪を弄《もてあそ》びながら失笑した。

「講義や会議の資料も作らなきゃならないし、学会もある。それに昇進のためには長期休暇《きゅうか》を使って論文編数をかせいでおかないとね」

気楽な調子で喋《しゃべ》りながら、阿倍の顔が少しずつ近づいてくる。

唇が重なる瞬間は、いつも心臓が胸を突き破りそうなくらいドキドキする。

かすかな蟬《せみ》の声と、エアコンの稼働音《かどうおん》。そこにくちづけの湿った音が混じる。

「ん……んっ……」

阿倍の舌に上顎《うわあご》を舐《な》められて腰が浮き、たまらなくいやらしい気持ちになる。昔、つきあっていた少女のはだかを見たときにだって、そんな気持ちになったことはなかった。自分の中にそんな淫《みだ》らな感覚が存在することに、いつも焦《あせ》る。

くちづけを解かれたときには、もっと激しくいやらしい行為をしたあとのような虚脱《きょだつ》状態に陥《おちい》っていた。

そんな直希を見下ろして、阿倍がくすりと笑った。

「……なんだよ?」

自分の不甲斐《ふがい》なさを誤魔化すようなつっけんどんな態度で、直希は男を睨《にら》みあげた。

「いや、かわいいなぁと思って」

「バカにしてんのかよ」

「してないよ」

「してる。俺をガキ扱《あつか》いして、舐めてるくせに」

「ガキ扱いなんてしてないよ。かわいいから素直にかわいいって言っただけだよ」

「じゃ俺がおっさんになっても、かわいいとか言えるのかよ」

「きみは森高千里《もりたかちさと》か」

「は？」

「あ、知らない？　ジェネレーションギャップだなぁ」

阿倍は冗談めかしながら、親指の先で直希の唇をそっとなぞった。

「僕が六十になっても、きみはまだたったの四十六歳なんだから、かわいいさかりじゃないか」

ふざけたことを言って、阿倍は直希の身体を引き起こした。癖《くせ》のついた髪や、服の皺《しわ》を直してくれながら、このあと行く店の希望などを訊《たず》ねてくる。

直希は甘ったるい気分でその手に身をゆだねながら、回転しない寿司屋《すしや》などと言い放ってみる。

寿司屋を出ると、宵《よい》の生《なま》ぬるい風が二人を包んだ。

二十歳の若造に奢《おご》るには、かなり値の張る店だったのに、阿倍はポケットに札入れをしまいながら鼻歌でも歌いだしそうに上機嫌だった。今日に限ったことではなく、阿倍は大概《たいがい》の場合陽気で機嫌がよく、楽しげに直希をエスコートする。

「おいしかった？」

にこやかに訊ねてくるのに、

「まあまあ」

直希は斜《しゃ》に構えたそぶりで答えた。本当は相当おいしかったが、素直にそう答えるのが気恥《きは》ずかしいような悔《くや》しいような気がする。

年下の恋人のそんな生意気な態度に気を悪くしたふうもなく、阿倍は楽しげに笑っている。

「先生って、いつも楽しそうだよね」

駅に向かって肩を並べて歩きながら、直希は皮肉っぽい口調で言った。

「そりゃ楽しいさ。きみみたいなかわいこちゃんを連れ歩いて、楽しくないわけないだろう。あ、かわいいは禁句だっけ？」

自分といることを阿倍も楽しんでくれていると思うと、くすぐったい嬉《うれ》しさがこみあげてくるが、やはりそれを素直に表すことは得意ではない。

「なにそれ。俺は愛玩《あいがん》動物かよ」

ぞんざいに言い放つ。

阿倍がぴたっと足を止めた。

「愛玩していいの？」

訊ねてくる瞳に、色っぽい艶《つや》がある。

「このあと、うちに来る？」

無表情を装いながら、直希の心拍数は一気にはねあがる。

夏休みに入ってから、阿倍とは何度も一緒に食事をしている。一度は映画にも行った。

そんな「デート」の帰り際、阿倍は毎回お決まりのように、「このあと」の誘いをかけてくる。


うちに来る？

あるいは、
きみの部屋に寄ってもいい？

どちらかの部屋に行くということは、つまりセックスの誘いなのだろうと、半信半疑ながら毎回思って、何かと理由をつけては断っていた。

今回は「愛玩していい？」という質問つきなのだから、半信半疑ではなく、完璧《かんぺき》に誘い文句なのだろう。

「行かない。見たいテレビがあるから」

直希はいつも通りにすげなく断った。

「テレビなら、うちでも見れるよ」

からかうような口調に、自分の嘘が見抜かれていることを感じながら、

「一人で集中して見たいし」

淡々と応じる。

「そうか。じゃ、また今度」

阿倍はあっさりと引き下がった。

そんなに集中して見たい番組とは一体何なのかとか、だったら録画しておけばとか、突っ込みどころは満載《まんさい》なのに、それ以上はしつこくしてこない。それもいつものことだった。

反対方向の電車に乗るため、駅の改札をくぐったところで阿倍と別れた。

動き出した電車のドアに身をもたせかけ、ふと視線をあげると、向かいのホームから阿倍が軽く片手をあげて微笑《ほほえ》むのが見えた。

手を振り返すようなかっこ悪いことは、もちろんしない。阿倍がわかるかわからないかくらい微妙に肩をすくめてみせる。

しかし、電車がホームを抜けて夜の中へと滑り出《すべだ》し、阿倍の姿が視界から消えると、えもいわれぬ物淋《ものさび》しさと名残惜《なごりお》しさが忍び寄ってきて、なんだか涙が出そうになった。

直希は自分の乙女《おとめ》な情動に狼狽《ろうばい》した。

阿倍とはほとんど毎日会っている。多分明日だって会う。それなのに、なんで涙ぐんでいる

のか、理解しがたい。

二十歳にして初めて恋に落ちた奥手な王子には、その理解しがたい感情そのものが恋心なのだということがわからず、自分は頭がおかしくなったのではないかと不安になる。

不安を打ち消すべく、直希は不安定な気持ちを怒りへと転化し、その矛先《ほこさき》を阿倍へと向けた。

あいつが「うちに来る？」とか言うから悪い。

「来る？」とか「行ってもいい？」とかこっちに判断をゆだねるなんてずるい。

プライベートな場所で二人きりになるということは、きっとキス以上の関係になることを意味する。しかもそこでは自分が女のように抱かれる立場になるに違いない。

キスだけでもあんなにいやらしい気持ちになるのに、それ以上のことをされたら一体どんなふうになってしまうのか、想像するだけで身体中がカッカして、一人身悶《みもだ》えそうになる。

阿倍の誘いをＯＫするということは、抱いてくれと表明することだと直希は頭でっかちに考えた。そんな屈辱を甘受《かんじゅ》するには、直希のプライドはあまりにも高すぎた。

「来る？」じゃなくて「来て」と言え。

「行ってもいい？」じゃなくて「行く」と言え。

懇願《こんがん》され、押し切られて仕方なくという形なら、プライドは守られるのにと、直希は思う。

あんなにあっさり引かないで、もっと強引に積極的に誘ってくれれば、もうちょっと二人で一緒にいられたのにと、腹立たしささえ感じる。

いやしかし。プライドは守られるが、それですべてが解決するわけではない。直希は童貞《どうてい》である。もちろんバージンでもある。ただ一度の性体験では、勃《た》たないという屈辱を味わった。

そんなことから、セックスに対する根深い引け目のようなものがあって、阿倍とそうなるのが単純に怖くもあるのだ。

憂《うれ》い顔《がお》でため息をつく直希の横顔に、車内の複数の女子がうっとりと見惚れていたが、自分の悩みで手いっぱいの直希は、そんなことにはまったく気付いていなかった。

一方女の子たちにしても、このモデルのようにスタイルのいい端整な青年の憂い顔の理由が、男との初セックスへの戸惑《とまど》いだなどとは知る由《よし》もないのである。

いつも満席の大学最寄り駅前の居酒屋は、夏休み中のせいかいくつか空席があった。

休みの日にわざわざこんなところに集まるなんて、ヒマな奴《ヤツ》らだよな。

小上がりのテーブルで笑いさざめく友人たちを、直希《なおき》は冷ややかに眺《なが》めた。そういう自分だって、そのヒマ人の一人なのだが。

夏休み前に、莉子《りこ》が海に行きたいと言っていたが、まさか本気で誘ってくるとは思っていなかった。

本当は恋人の康太《こうた》と二人で行きたいようだったが、二人きりの旅行は両親が許さないとのことで、学科の友人に声をかけて、五人ほどで出かけることになった。今日の飲み会は、その打ち合わせという趣旨《しゅし》だった。

たかが五人ほどの小旅行なのだから、わざわざ会って打ち合わせなどしなくても、メール連絡で済みそうなものだが、つまりはヒマ人たちがただ集まりたいだけなのだ。

実際、飲み始めて一時間ほどになるが、旅行とは関係のない話ばかりが飛び交っている。

そんなどうでもいい集まりに直希がわざわざ顔を出したのは、このところ自分の頭の中が阿《あ》倍《べ》一色であることに危機感を抱《いだ》いたからだった。

研究室に行けば阿倍と会えるとわかっているから、つい足繁《あししげ》く通ってしまう。そんな自分がちょっと悔《くや》しい。屈辱的《くつじょくてき》な気がする。

だから、阿倍のことは自分の日常の諸々《もろもろ》の出来ごとのひとつに過ぎないと、阿倍にも自分にも言い聞かせるように、仲間内のくだらない集まりにも足を運んでみたりしている。

「そうそう、で、旅行のことだけど。どこにしようか？」

長い無駄話のあと、やっと莉子が本題を振ってきた。

「湘南《しょうなん》は?」

可奈《かな》の提案は、それ日帰りコース、という皆の意見で却下《きゃっか》となる。

「じゃ、新潟《にいがた》は?」

板橋《いたばし》の意見を、

「やだよ、新潟なんか。陰気くせー」

直希は言下《げんか》に否定した。

「なんだよ、それ。新潟県民に失礼じゃん」

板橋が呆《あき》れ顔《がお》で言う。

直希は小学六年生の夏休みに、臨海学校で新潟の海に行ったのだが、初日にビーチサンダルで靴《くつ》ずれを起こし、指の間の皮膚《ひふ》がずるむけになってしまった。そこに海水がしみる耐えがたい痛みと、曇《くも》りがちだった日本海の鉛色《なまりいろ》の空の印象があいまって、陰気な記憶として残っている。

まったく個人的な思い出を、新潟のイメージとして断言してしまうところが、直希の身勝手なところである。

「じゃ、岩佐《いわさ》くんはどこがいいの?」

莉子が割り込んできた。

「どこでもいいけど。沖縄《おきなわ》とか」

直希が適当に答えると、みんなずるっと身をのめらせた。

「もう来週の話だよ？　このハイシーズンに沖縄なんかとれないって」

「しかもブルジョアの岩佐と違って、そんな金ないし」

直希は鬱陶《うっとう》しげに舌打ちしてみせた。

「どこって訊《き》くから答えただけだろ。だったら最初から俺に振るなよ」

そもそも、別に行きたくて参加する旅行でもない。この飲み会と同様、単に自分と阿倍に対して、四六時中阿倍のことばかり考えているわけじゃないというアピールをするための方便にほかならない。行き先などどこでもよかった。

「じゃあさ、伊豆《いず》の下田《しもだ》は？」

康太が人のいい笑顔で割って入ってきた。

「ほら、うちの大学の保養施設があるじゃん？　今日、事務室に寄ったついでに訊いてみたら、来週ちょうど空《あ》きがあるって言ってたよ」

康太の提案で、あっさりと行き先は決まってしまった。

こんなことならやっぱり電話で済んだじゃねーかよなどと内心毒づきながら、直希は氷ですっかり薄まったウーロン茶をすする。

足は板橋の実家のワゴン車を使うことになり、集合場所と時間を決めると、座は再び雑談へと戻っていった。

直希は上の空で、今頃阿倍は何をしているのだろうかと考えた。

今日も午後に阿倍の研究室に顔を出してきた。帰り際、いつものように食事に誘ってきた阿倍に、飲み会があるからと断った時には、どこか勝《か》ち誇《ほこ》ったような気分になったが、

「そうか。じゃ、楽しんでおいで」

とあっさり送り出されて拍子抜けした。

引きとめられれば、こんなどうでもいい飲み会なんてすっぽかして、食事につきあってやったのに。

もしかして、こっちが思うほど、阿倍は自分のことを好きなわけではないのかもしれないと、わがまま勝手な王子にしては珍しく、弱気な想いが脳裏《のうり》をよぎる。

告白したのは、直希の方からだった。切羽詰《せっぱつ》まって無様に涙などこぼしてしまったあのときの自分を思い出すと、屈辱でいてもたってもいられない気分になる。

告白はあっさり受け入れられた。阿倍も直希のことを好きだったと言った。

しかし三十半《なか》ばのいかにも場数を踏んできた風の男と、これがほぼ初恋といっていい直希との間には、微妙な温度差がある気がする。

もしも自分が阿倍を食事に誘って、「先約がある」と断られたら、俺より大事な先約かよ？と相当カッカするだろうと直希は思う。でも阿倍は「楽しんでおいで」となんの未練もなさげに直希を送り出した。

阿倍にとって、自分はその程度の軽い存在なのだろうか。もしかしたら、自分以外にも遊べる相手を色々取《と》り揃《そろ》えていて、だからあんなふうに余裕でいられるんじゃないだろうか。

益体《やくたい》もない想像をあれこれ繰り広げつつ、ふと視線をあげると、向かいに座っていたはずの女子二人の姿が見えない。

「あれ。莉子たちは？」

「連れション」

手羽塩の骨をしゃぶりながら、康太が答えた。

「岩佐ってホントに人の話を聞いてないよな。もうちょっと周りの動向に関心持てよ」

板橋が呆《あき》れ顔《がお》で言う。

直希はゆるゆると板橋の方に顔を向けた。

「そういえばおまえ、旅行に彼女誘わなくていいの？」

夏休みに入る前、板橋は合コンで知り合った彼女のことをさかんに自慢していた。板橋の言う通り、他人の動向になどほぼ興味のない自己中心的な直希だが、彼女の名前が自分と同じ「ナオちゃん」だったので、珍しく記憶に残っていた。

直希の問いかけに、板橋の顔が引きつった。

「な、なんだよ、いきなり」

「おまえが動向に関心を持てって言うから、社交辞令で訊いてやってるんだよ」

尊大に告げる直希のシャツを康太が傍《かたわ》らから引っ張り、小声で囁《ささや》いた。

「先週、振られたらしいよ」

「うわ、早っ」

「悪かったな。どうせ俺は岩佐みたくモテねーよ」

板橋は不貞腐《ふてくさ》れた顔で、ジョッキに残ったビールをあおった。

二十年の人生で、振ったことは数えきれないほどあっても振られた経験のない直希には、板橋の傷心はリアルには理解できない。けれどもし、自分が阿倍に振られたらと想像すると、気が遠くなるような心細さに見舞われる。

俄《にわ》かに隣の男が気の毒になり、直希はその肩に手を伸ばした。

「残念だったな。元気出せよ」

板橋はジョッキを持った手を止めて、怯《おび》えたような目で直希を見た。

「ど、どうしたんだよ」

「なにが？」

「岩佐からそんな人間らしい慰《なぐさ》めをもらえる日がくるなんて……」

板橋の言葉に、傍らの康太までもが深々と頷《うなず》いた。

「もしかしてカノジョでもできた？」

康太が意外と鋭《するど》いところをついてくる。

「え、そうなのか？」

板橋が身を乗り出してきた。

「岩佐ってすげーモテるくせに、女連れてるところ見たことがないんだけど。相手って学外のコ？」

そんなものはいないと否定すれば、それで話は終わるところだったが、直希は板橋に一瞥《いちべつ》をくれてぼそっと答えた。

「コとかいう歳じゃねーよ」

板橋は目を見開いた。

「うわっ、年上かよ。いくつだよ？」

「三十ちょい」

「うっそ、すげー！　やっぱ岩佐は違うよな」

板橋は尊敬と羨望《せんぼう》の眼差《まなざ》しを向けてくる。

こういうの、意外と楽しいかもと、澄まし顔の下で直希は思う。

今まで直希は、仲間内の恋愛話に加わったことがなかった。友人たちはそれを直希のクールで大人びた性格ゆえだと思っているようだったが、実のところ直希には語るべき恋愛経験などほぼ皆無に等しかったのである。

実際に恋をしてみたら、寄ると触ると恋愛話に花を咲かせる友人たちの気持ちがちょっとわかった気がする。

「どこで知り合ったんだよ？」

興味津々《しんしん》の様子で、板橋は突っ込んでくる。

「どこっていうか、俺が落とした携帯を向こうが拾ってくれて、それがきっかけでメシとか食いに行くようになった感じ」

枝葉末節《しようまっせつ》を大幅《おおはば》に省略しつつも事実を話す。

「そうか。拾ってくれたお礼に、メシに誘ったんだな」

「違うよ。向こうが誘ってきたんだ」

ありのままを告げると、は？　という顔をしたあと、板橋は面白《おもしろ》くなさそうに口を尖《とが》らせた。

「顔のいい奴《ヤツ》はいいよなぁ。どんなきっかけも恋愛につながるし」

「別に顔は関係ないんじゃねーの。康太なんかあの顔でもラブラブじゃん」

直希の失礼な発言に気を悪くしたふうもなく、康太はへへへと嬉しげに笑って、揚《あ》げだし豆腐にかぶりついている。

板橋は両手で頭をかきむしって「くっそーっ」となった。

「おまえみたいなメタボに莉子ちゃんみたいな彼女がいて、なんで俺が三週間で振られるんだよ」

「原因はなんだったわけ？」

「それが俺にもわからないんだ」

「彼女が嫌がることとか、何かしなかった？」

康太の質問に、板橋はぶんぶんと首を振った。

「してないよ。ナオちゃんって奥手で純情なタイプだから、すげー気をつけてつきあってたし」

「ホントかよ。おまえスケベそうだから、いきなりラブホとか連れ込んじゃったんじゃないのか」

「してねーよ。そりゃ、俺だってそういう下心がないとは言えないから、一回『俺の部屋に寄ってかない？』って誘ったことはあるけど、ナオちゃんが『どうしようかな』とか困ってるみたいだったから、それ以上強引に誘ったりはしてないし」

まるで自分と阿倍のような話だと思いながら、直希は「それだよ」と断言した。

「え？　やっぱ誘ったこと自体がマズかった？」

「逆。そこでもっと強引に行くべきだったんだよ」

「え、マジで？」

「『寄ってかない？』って判断をゆだねるような誘い方したら、向こうが結論を出さなきゃならないだろ。奥手なコほど、そういうの苦手なんだよ。もっと強引に『来い』って言うべきだったんだ」

「……そうか」

板橋は目から鱗《うろこ》が落ちたような顔をした。

「そう言われてみれば、俺、気を使うあまりなんでもナオちゃんの意見を尊重《そんちょう》しようとして、そのたびにナオちゃん戸惑《とまど》ってたけど、そうか、俺が接し方を間違えてたのか。そんで合わないって思われちゃったのかも」

一人納得したらしい板橋は、またも尊敬の眼差《まなざ》しを直希に向けてきた。

「すげーな、岩佐。タイプ別に女心も把握《はあく》してるなんて、恋愛経験豊富な奴はさすがだぜ」

豊富どころか唯一《ゆいいつ》の経験がたまたま当てはまっただけなのだが、買いかぶられて悪い気はしない。

そこに女子二人が戻ってきた。

「なにがさすがなの?」

可奈が興味深げに会話に加わってくる。

「岩佐に恋愛のノウハウを教わってたんだよ」

「えー。岩佐くんのノウハウが板橋くんの参考になるとは思えないんだけど」

「どういう意味だよ」

「だって色んな意味でレベルが違いすぎるじゃん」

あっさり言いきる可奈に、苦笑しつつも康太と莉子が深々と頷いた。

ほら見ろと、直希は思う。

仲間内では、俺はこんなふうに崇《あが》められる存在なのだ。

それなのに、阿倍の前に出たとたん、どんなにツンツンして見せても「かわいい」呼ばわりされ、キスでめろめろにされ、あまつさえ別れ際にはこっそり涙ぐんでしまったりする。

再びもり上がり始める雑談を右から左へと聞き流しながら、どうしたら阿倍の前でもいつものかっこいい俺でいられるのだろうかと、くだらないことを真剣に悩む直希だった。


携帯電話の着信音が鳴り出したのは、直希《なおき》が阿倍《あべ》の研究室に到着する直前だった。

ディスプレイに阿倍の名前を確認して、首をかしげた。つきあい始めてから携帯の番号を教え合ったものの、ほぼ毎日研究室で顔を合わせているため、実際に電話がかかってくるのは初めてのことだった。

すでに研究室の前まで来ていたので、直希は電話には出ずに、ドアを開いた。

阿倍はちょっと驚いたように振り向いて、耳に当てていた携帯のフリップを閉じた。

「今日は早いね」

そう言われて、直希は少し焦《あせ》る。

いつもは昼過ぎに研究室を訪れるのだが、昨夜の飲み会で人の恋愛話など聞いていたら無性に阿倍の顔が見たくなって、早めに来てしまったのだ。

「……うちのエアコンが故障したから。涼しいところでレポート書こうと思って」

そんな気持ちを押し隠すために、つかなくてもいい他愛《たわい》もない嘘をついてみる。

「せっかく早々来てくれたのに申し訳ないんだけど、ここ使えるの、今日の午前中までなんだよ。僕もすっかり忘れてて、それで今きみに電話したんだ」

阿倍は苦笑しながら携帯をかざしてみせた。

「きみの荷物も結構あるから、家まで届けに行くよって言おうと思ったんだ。いいタイミングで来てくれて助かった」

そう言われてみれば、デスクの上はいつになく整然と片付き、いつも阿倍が使っているノートパソコンも携帯用のケースに仕舞われている。置きっぱなしにしている直希の本やパーカーなども一角にまとめてあった。

「使えるの今日までって、どういうこと？」

「長期休暇は理系の研究関連の部屋を除いて一時期校舎閉鎖《へいさ》になるんだよ。事前に告知されてたのに、さっき助手の子に確認されるまでうっかり失念してた」

「閉鎖？　なんで？」

「経費節減のためだよ」

「けちくせー」

直希が言うと阿倍は噴き出した。

「そう言うなよ。最近は少子化の影響で大学経営も大変らしいよ。うちみたいな名門はまだいい方だけど、それでもこのところの会議では、経費節減とか、この苦境にいかにして学生を集めるかみたいな『けちくせー』ことが議題になることが多いし」

「大学でも職員会議なんかやるの」

「やるよ。当たり前だろう。講義に会議、それにいろんな委員もあって、それぞれに資料作りもあるし、センセイは忙しいんです」

「ヒマを持て余して学生をたらし込んでるのかと思ってた」

「ひどいな。いやでも、最近はかわいい学生に心を奪われてちょっと仕事がおろそかになってるかも」

阿倍は軽く腰を屈《かが》めて、ちゅっと音をたてて直希の唇にキスをした。

何度されても慣れることのない行為に耳たぶが熱くなるのを感じながら、直希はちょっと不安になる。

校舎閉鎖の間、どうやって阿倍と会えばいいんだろう。

わざわざ約束をしなくても、ここに来れば会えるというのが直希にとっては気楽でよかった。

ここが使えなくなると、会うためにわざわざ約束を交わさなくてはならない。

「荷物を持ち帰る羽目になるってわかっていれば、車で来たんだけど。とりあえずタクシーを呼んで、荷物を運ぶしかないか。悪いけど手伝ってくれる？」

それはつまり、一緒に阿倍の家に行くということか？

直希の一瞬の戸惑《とまど》いに気付いたのか、阿倍はにこやかに言った。

「昼飯まだだろう？　うちに荷物を降ろしたら、何か食べに行こう」

なんだ荷物を置きに寄るだけかよと脱力する。その脱力には安堵《あんど》と落胆《らくたん》が綯《な》い交《ま》ぜになっていた。

重い、暑い、と文句を言いつつ、阿倍が裏門前に呼んだタクシーまで荷物を運んだ。さほどの量ではなかったが、本や書類のファイルがメインなため、結構な重さがある。

阿倍の住まいは、大学からタクシーで二十分ほどだった。

ちょうど日盛《ひざか》りで、タクシーからマンションのエントランスに荷物を運ぶだけで、汗が噴き出してくる。

再び暑さに文句を言っていると、郵便受けの中身を改めていた阿倍が、そこに放り込まれていた宅配ピザのメニュー表を振ってみせた。

「この暑さの中、また出かけるのも億劫《おっくう》だから、これ頼んじゃおうか？」

「え……」

荷物を運ぶだけのつもりだったが、それでは部屋にあがるのかと、期待と不安で胸がどきどきする。

「……と思ったけど、きみ、トマトと玉ねぎとチーズがダメっていうことは、ピザは無理だよね」

「ですね」

確かにその通りだった。

じゃあやっぱり外に食事に行くのかと、期待と不安は再び安堵と落胆にとってかわる。

「それじゃ……」

外に行こうと続くのかと思ったら、阿倍は悪戯《いたずら》っぽい顔でもう一枚の紙を引っ張り出した。

「こっちにしよう」

それは宅配寿司のメニュー表だった。

安堵と落胆はまたもや期待と不安に凌駕《りょうが》される。

わざわざ今日メニュー表をポスティングした宅配寿司屋に怒るべきか感謝すべきか決めかねながら、短時間に人知れず感情の起伏《きふく》に襲《おそ》われまくりの直希は、なんだかクラクラと疲労を感じた。

密室のエレベーターで間を持たせるために必要以上に「暑い」「重い」と毒づいているうちに、阿倍の部屋に到着した。

単身か夫婦二人世帯向けらしい1DKのマンションは、阿倍の研究室同様に、きれいすぎず散らかりすぎず、適度な落ち着き感があった。間取りはコンパクトだが、リビングはかなりの広さがある。いかにも一人暮らしらしくダイニングテーブルは置かれておらず、かわりにパソコンデスクが部屋の一角を占めていた。

「適当に座ってて」

エアコンのスイッチを入れると、阿倍はソファの上に積み重なった分厚い専門書の山をどけ、直希にすすめた。

阿倍が宅配寿司に注文の電話を入れている間、直希はまさしく借りてきた猫のような落ち着きのなさでソファに浅く腰をかけ、きょろきょろと部屋を見回した。

風を通すためか、リビングの続きの部屋のドアが半分開いていて、ベッドの端が見える。

もしかしてあのベッドで押し倒されてしまうのだろうか。

女子とさえまともにセックスを完遂《かんすい》したことのない直希にとって、男とのセックスなどまったく未知のものだった。

そういえば阿倍は「Mと見せかけて実はS」とか言ってなかったか?

あんな優しげな顔をして、いざその場になったら、縛《しば》ったり、ローソクを垂《た》らしたりしてきたらどうしよう。最初に痛いのは嫌だと言っておいた方がいいだろうか。いや、その前にこんなことになるなら、新しい下着をはいてくれればよかった。

しょうもない葛藤《かっとう》を繰り広げるうちに、ただでさえ汗ばんでいた身体がさらにカーッと熱くなり、直希は手のひらでパタパタと顔に風を送った。

「まだ暑い？」

いつの間にか電話を終えた阿倍が、エアコンの設定温度を下げる。

「汗流す？　着替え貸すけど」

バスルームらしき方向を指さされて、直希はぎょっとしながらかぶりを振った。

「だんだん涼しくなってきたからいい」

いきなりシャワーなんて、そんな生々《なまなま》しすぎ。

同じ二人きりの状況でも、慣れた研究室では必要以上にだらだらとくつろげるのに、初めての阿倍の部屋で、直希はかなりあがっていた。さり気ないそぶりを装おうとしながら、呼吸すら妙に不自然になる。

自然体自然体と自分に言い聞かせつつ、傍若無人《ぼうじゃくぶじん》さを演出するため勝手にテレビをつけてみたりする。

ほどなく寿司が届いた。

「ビールといきたいところだけど、きみを車で送り届けるのに、飲酒運転はまずいからね」

阿倍は冷たい麦茶を出してきて、二つのグラスに注いだ。

昼下がりのワイドショー風情報番組を眺《なが》めながら、二人で寿司をつまむ。正直なところ緊張しすぎて味がわからず、飲み下すのも一苦労だった。

ふと視線を感じて横を向くと、阿倍がじっと直希を見ていた。

どきどきしながら寿司を口に押し込み、「なんだよ？」と目顔で問う。

「いや、貝が苦手だって言ってたけど、食べれるんじゃないか」

そう言われて我に返り、直希は慌てて口にくわえていたアオヤギの握《にぎ》りを吐《は》き出《だ》した。

口中に苦手な磯《いそ》の香りが広がっていく。

「なにやってるんだよ。大丈夫？」

阿倍がティッシュと麦茶を差し出してくれた。

「……テレビに気を取られて、うっかり食っちゃったんだよ」

ティッシュで口元をぬぐいながら言い訳をする。

「こういうのに興味があるの？」

テレビでは、百円グッズでキッチンをプチリフォームなどという、およそ直希の性格と生活とはかけ離れた特集が繰り広げられている。

「べ、別に興味なんかなくたって、ついてるとつい見ちゃうだろう」

自分でつけたくせに文句を言って、リモコンをつかんでテレビを消す。

とたんに室内は緊張感あふれる静寂に包まれる。直希は焦って再びテレビをつけて、次々とチャンネルを変えてみる。

明らかに挙動不審な直希をにこにこと眺めつつ、阿倍は食べ終えた寿司折りを片付けて、パソコンデスクを指さした。

「申し訳ないけど、ちょっと仕事をさせてもらってもいいかな。学会が近いから、色々と準備が立て込んでて」

直希はザッピングの手を止めて、阿倍を振り返った。

「忙しいならもう帰るけど」

この緊張から脱出できる安堵と、相反する物淋《ものさび》しさとにまたも揺れ動きながら、そんな心中を押し隠した平坦《へいたん》な声で告げると、阿倍は笑顔でかぶりを振った。

「できれば居《い》て欲しいんだけど。今日中に印刷所に入稿しなきゃならない資料だけ仕上げて送信しちゃうから、終わるまで適当にくつろいでて」

「……じゃあ、しょうがないから居てやる」

尊大に言い放つ。

「そこの棚《たな》のＤＶＤ、適当に見てていいから」

にこやかに言って、阿倍はパソコンデスクに向かった。

少し離れた場所から、いつものように阿倍がキーボードを叩く音が聞こえ始めると、研究室にいるときのような気安い空気が戻ってきた。直希は棚から古い洋画のＤＶＤを選んでセットし、阿倍の体温が残っているソファに先程までよりもリラックスして身をゆだねた。

阿倍の仕事の邪魔にならないようにと柄《がら》にもない気づかいで音量を下げて字幕を選び、眼鏡《メガネ》をかける。

しかし見始めてしばらくすると、眠気がさしてきた。一汗かいて腹ごしらえしたあとの、真夏の昼下がりである。しかもここにきてから一人妄想《もうそう》過剰《かじょう》に神経を張り詰めていたため、その緊張がとけたとたん、身も心もだらっとしてしまった。キーボードの音が遠のいていくのを感じながら、直希はうつらうつらと眠りに誘われていった。

どれくらい眠っていたのだろう。ふわっと意識が戻った時には、キーボードの音もテレビの音もやんでいた。

静かな部屋の中にカチッという音が響く。なんだろうと寝ぼけながら薄目を開けると、すぐ近くで小さな炎《ほのお》が揺らめいているのが見えた。

妄想と夢と現実がごちゃごちゃになって、瞬時に突拍子もない結論が導き出される。

直希は勢いよく身を起こし、怯《おび》えながら悲鳴のように言い放った。

「ムリ！　ムリだから！　ローソクとか緊縛《きんばく》とかそういうのはムリ！」

直希の足もとに腰かけていた阿倍が、紫煙を吐きながら目を見開いた。

「ローソク？　緊縛？」

「あ……」

完全に覚醒《かくせい》して、直希は我が身と阿倍とを見比べた。もちろん縛られてなどいないし、ローソクの用意もされていない。さっきの炎は煙草《たばこ》に火をつけるためのものだったらしい。

呆然《ぼうぜん》とする直希に、阿倍が噴き出した。

「いったいどんな夢を見てたんだよ」

夢ではなくて妄想なのだが、胸を張って訂正を入れることでもない。直希は顔が赤らむのを感じながら、話をはぐらかした。

「先生が煙草を吸うなんて、知らなかった」

「ああ、今年から大学構内は全面禁煙だからね」

阿倍は深々と一服したあと煙草を灰皿で揉《も》み消《け》し、煙《けむり》の匂《にお》いのする指先で直希の眼鏡を直した。

「仕事、終わったの？」

「まだだけど、ちょっと休憩《きゅうけい》」

そう言って、阿倍は直希に覆《おお》いかぶさってきた。

煙草のせいで、キスはいつもとは違う味がした。それが直希の緊張を一気にマックスまで高める。

「ん……っ」

巧《たく》みなキスに気を取られるうちに、阿倍の手がカットソーの中に滑《すべ》り込《こ》んでくる。

指先が、手慣れた動きで脇腹を上下する。たったそれだけの些細《ささい》な愛撫《あいぶ》がゾッとするほど気持ちよくて、肌《はだ》が粟立《あわだ》っていく。

「んっ……ん……」

深くくちづけられたまま、背筋をのけぞらせて、直希は甲高《かんだか》い喉声をもらした。

無意識にこぼれる自分の声とも思えないそのいやらしい喘《あえ》ぎに、頭の中がカッと熱くなる。

学部一のモテ男と言われている自分が、男に組み敷かれてこんな甘ったるい悲鳴をもらしているなんて。

上半身をくまなく撫《な》でまわしていた阿倍の手が、やがて下肢《かし》へと降りてきた。ジーンズ越しに反応しかけた場所を触られて、直希は慌ててその手を引きはがした。

「……っ、ちょっ、待って……」

くちづけを解いて喘ぎ喘ぎ言うと、阿倍が間近に顔を覗《のぞ》き込《こ》んできた。

「どうしたの？」

どうもこうもない。女の子相手には結局役に立たなかった場所が、ほんのちょっと身体に触られただけで痛いほどに反応し始め、ぞくぞくしすぎて怖くなった。

「今さら確認するのもなんだけど、きみがくれた『好き』ってこういうのも込みでいいんだよね？」

それはそうなのだが、想像以上の感覚に、怯《おび》えが湧き上がってくる。

答えあぐねて口をパクパクさせる直希を見下ろして、阿倍はふっと微笑んだ。

「もしかして、怖い？」

その通り。自分は男との初めてのセックスが怖いのだ。めちゃめちゃ怖い。

何か痛いこととか思いもよらない恥ずかしいことをされたらイヤだし、逆にさっきその片鱗《へんりん》を感じたように気持ち良すぎて自分で自分をコントロールできなくなるのも怖い。

だからなるべくゆっくりそっとして欲しいし、途中で無理だと思ったらやめて欲しいし、出来れば部屋を暗くして欲しいいし、どうせならアルコールでもちょっとひっかけてリラックスしてからにして欲しい。

しかし直希はそれを口には出来なかった。無駄に高すぎるプライドゆえに。

それどころか、からかうような笑顔で「怖い？」と図星を指されたことにカッとなった。自分が生娘《きむすめ》のようにビビっていると思われることが、事実だからこそ腹立たしかった。

「別に怖いわけじゃないけど、」

直希は男を睨みあげながら、なるべくそっけなく聞こえるように細心の注意を払いながら言った。

「あんたのことがホントに好きかどうか確信が持てないから、まだその気になれない」

本心とはまったく真逆の悪態だった。その気位の高さゆえ、心にもない啖呵《たんか》を切ってしまうのが、直希の悪い癖《くせ》なのだ。

「俺、別に男が好きなわけじゃなくて、年上にチヤホヤされるのが好きなだけなのかも。今度、姉貴の友達でも紹介してもらって、試してみようかな」

うわっ、この口がっ、この口がーっ！

そこまで言う必要はなかったのに、ビビりを否定したいばかりに思ってもいないことが口から転がり出てくる。

まだつきあい始める前に、婉曲《えんきょく》な誘い文句のつもりで暴言を吐いて、阿倍を怒らせてしまったことを思い出す。

ヤバい。またやっちゃったかも。

プライドを守りつつ、失言だけを訂正《ていせい》するうまい言葉はないものか。

直希が小賢《こざか》しい策略《さくりゃく》をめぐらしているうちに、阿倍の重みがすっと退《ひ》いた。

「いいんじゃないか。興味があるなら試してみれば？」

阿倍はこともなげに言った。その口元に微笑が浮かんでいるのを見て、とりあえず怒ってはいないらしいと安堵する。それと同時に、あっさり引かれたことにがっかりする。

試してみればって何だよ。大人の余裕？　それとも俺への気持ちって所詮《しょせん》その程度なわけ？

自分からケンカを売っておきながら、自分勝手な不満を抱《いだ》く。

阿倍は何ごともなかったように立ち上がって、デスクワークの凝《こ》りをほぐすしぐさでゆったりと伸び上がった。

「そんなところでうたた寝して、身体が冷えたんじゃないか？　コーヒーでもいれようか」

直希は乱れた服や髪を直しながら、ぞんざいに答えた。

「帰る」

阿倍は直希を振り返って目を瞬《しばた》いた。

「もう？　せっかくだからゆっくりしていけば」

どうやったらそんな呑気《のんき》な気分になれるというのだ。中途半端に触られて、気まずく中断したこの状況は、あまりにも居心地が悪すぎる。いっそ完遂してしまえば羞恥《しゅうち》も振りきれたかもしれないが、妙に冷静な頭に、さっき自分があげたあられもない喘ぎ声が思い出されて、とても普通の顔などしていられない。

「まだ仕事が終わってないんでしょう？　俺がいたって邪魔なだけじゃん」

「全然邪魔じゃないよ。きみが一刻も早く家に帰って、お姉さんに友達を紹介してもらいたいっていうなら、仕方ないけど」

気軽な口調で暴言をあてこすられて、更にカチンとくる。

「それに、エアコンが故障してる家に帰っても、暑いだけだよ」

「エアコン？」

何の話だと思わず訊《き》き返《かえ》してしまってから、自分のくだらない嘘を思い出した。

「……ああ、だってもう暑さのピーク時間は過ぎたし」

自分でついた嘘を忘れていたきまり悪さに、そそくさと帰り支度《じたく》にかかる。

「どうしても帰るっていうなら、送って行くよ」

「子供じゃないんだから、一人で帰れます」

「でも、荷物があるし」

そう言われて、阿倍の研究室から持ち出してきた自分の雑多な荷物に目をやる。確かに抱《かか》えて電車に乗るのは億劫な量だった。

結局、二人で地下駐車場に降りて、阿倍のデミオで家まで送ってもらった。

阿倍はいつも通り、親切で穏やかだった。あれこれ気にしているのは自分だけなのだと思うものの、普段通りの軽口が出てこない。

まだわずかに日差しが残る夏の通りは、すでに夕方の混雑が始まっていた。

よそよそしい沈黙をFM局のパーソナリティの陽気な声に埋《う》めてもらいつつ、三十分ほどで車は直希のマンションに到着した。

「どうも」

そっけなく言って直希が助手席から降りると、阿倍も降りてきて後部座席の荷物を下ろすのを手伝ってくれた。

じゃあ、と言いかけて、そういえば、と思う。明日から研究室が閉鎖になるということは、阿倍に会うにはどうすればいいのだろうか。電話やメールで連絡するのか？　自分から「会いたい」とか言って？　そんな恥ずかしいことがこの俺にできるのか？

またも一人しょうもない葛藤《かっとう》を繰り広げる直希に、車に戻りかけていた阿倍が「あ、そうだ」と声をかけてきた。

直希はほっとした。きっと阿倍もそのことを思い出して、約束をとりつけようというのだろう。

「なに？」

心底安堵しながら、それが表情に出ないようにとあえてそっけない声で訊《たず》ねる。

阿倍はいつものようににこやかに微笑みながら、言った。

「前にも言ったけど、ちょうど一週間後に新潟《にいがた》で学会があるんだ。明日からはその準備に専念するから、終わるまでは会えないかも」

予期していたのとは違う台詞《セリフ》に「え？」となる。

なにそれ。

じゃあ、次はいつ会える？　学会が終わった次の日？

思わず口から出そうになるかっこ悪い質問を慌てて飲み下して、直希はそっけない仮面をかぶりなおした。

「ふうん。そうなんだ」

こっちが訊かなくても、阿倍の方からきっと次の約束をとりつけてくるはず。そう確信して次の言葉を待ったが、阿倍は「じゃあね」と片手をあげて車に戻り、走り去ってしまった。

「……なんでだよ」

直希は呆然《ぼうぜん》と、緑のデミオを見送った。


真夏の日の出はとても早い。

カーテンごしに差し始めた朝日に舌打ちして、直希《なおき》はベッドに身を横たえたまま携帯電話を睨《にら》みつけた。

夕べも阿倍《あべ》からの電話はなかった。

阿倍の部屋を訪れた日から、二日ほどが経《た》っていた。

阿倍からの連絡を待って、寝不足が続いている。

ごめんごめん、次の約束をするの忘れた。そんな電話がかかってくるのではないかと、ずっと身構えて待っているのだった。

次にいつ会えるかわからないのが、こんなに不安なことだとは思わなかった。

普通は別れ際に次の約束をとりつけるものではないのか？　それとも世のカップルはみんなこんな感じで、自分の思考がおかしいのか？

あるいは、やっぱり阿倍は自分の暴言を怒っているのだろうか。

いや、いっそ怒っているならまだいい。それどころか、自分に対してさほどの関心を持っていないのではないか？

ぐるぐるとそんなことを考えているうちに、だんだん腹が立ってきた。自分にも阿倍にも。

この二日というもの、携帯が振動するたびに、阿倍からではないかと心臓がバクバクいいだす。それが友人からのどうでもいい電話やメールだったり、もっとどうでもいいメルマガや非通知のワン切りだったりするたび、落胆《らくたん》と憤《いきどお》りで一気にテンションが下がる。そんなことを繰り返しているうちに、だんだん神経が擦《す》り切《き》れてきた。

ものすごく会いたいと思いながらも、自分から電話をするという選択肢《し》を持たないところが、直希の直希たるゆえんだった。

忌々《いまいま》しい携帯電話を手にとって、直希は考えた。

なまじ「かかってくるかも」なんて思うから、落ち着かないのだ。来るか来ないかわからないこの中途半端な状況がいけない。

だったらもう、かかってこないようにすればいいじゃないか。

直希はむくりと起き上がると、携帯のアドレス帳を開き、怒りにまかせて阿倍のデータを抹《まっ》消《しょう》した。

ザマミロ。これでせいせいした。

ささやかな達成感と爽快感《そうかいかん》が身を包む。

しかし次の瞬間、我に返った。

ちょっと待て。かかってこないようにするには、着信拒否にすればいいだけじゃなかったか？

登録抹消したって、向こうは自分の番号を知っているのだから意味がない。

しかも消してしまったせいで、直希の方からは連絡を取れなくなってしまった。

何をやってるんだ、俺は。

一瞬自己嫌悪に陥《おちい》るものの、元々が自分を責めて落ち込むような殊勝《しゅしょう》な性格ではない。

すぐに怒りはほかへと向けられる。

「二度とかけてくるな、バーカ」

ひとり毒づいて携帯電話の電源を切ると、乱暴にクローゼットの奥へと投げ込んだ。

新潟《にいがた》の空は、晴れているのにやはりなんとなく記憶と同じにどんよりとしていた。穏やかな海の向こうに、うっすらと佐渡《さど》が見える。

湘南《しょうなん》や伊豆下田《いずしもだ》の芋《いも》を洗うように混雑した海水浴場とは違って、海水浴客もまばらだった。

パラソルの下、板橋《いたばし》のビーチチェアを占領してぐだっと寝そべっていると、日焼け止めを塗《ぬ》り直《なお》しに来た莉子《りこ》と可奈《かな》が顔を覗《のぞ》き込《こ》んできた。

「岩佐《いわさ》くん、泳がないの？」

「めんどくせー」

ぞんざいに答える。

一応海パンをはいてはいたが、上にシャツを羽織った直希《なおき》は海に入る気はゼロだった。

「なによそれ。そもそも岩佐くんが急に行き先変更を言い出したんじゃないの。いくら電話しても繋《つな》がらないからどうしたのかと思ってたら、出発の前日に『やっぱ下田より新潟って気分』とか勝手な電話をかけてくるし」

莉子が口を尖《とが》らせた。

「しかも下田のキャンセルとか、新たな宿泊施設探しとかは全部私と康太《こうた》に押し付けるし」

「ホント、身勝手なんだよな、岩佐は」

すぐそばで康太とフリスビーを投げ合っていた板橋も直希のわがままを責める口調になる。

「最初に新潟がいいって言ったの、板橋じゃん」

直希は平然と言い放った。

「なにそれ。俺のため？　だったら最初に俺が提案したときに同意しろよ。あのときはぼろくそ言ってたじゃん」

「まあいいじゃん、宿の食事、すげーうまいし」

予約の変更などで一番迷惑を被《こうむ》っているはずの康太が、のどかに言った。

康太にとっては、食事がおいしいというのが一番の評価基準らしい。

「まあ確かに、安い民宿の割に食事はいいよな。昨夜の刺身《さしみ》、かなりうまかったし」

板橋が渋々同意する。

話題が食べ物になると、莉子と可奈も相好《そうごう》を崩《くず》した。

「米どころだけあって、ごはんもすっごくおいしいよね。私、普段は朝は食べないのに、今朝《けさ》はおかわりしちゃったよ」

「それとデザートの桃《もも》！　超とろけた！　新潟が桃の産地って、知らなかったわ」

確かにあの桃はうまかったと、直希も内心同意した。桃は直希がいちばん好きな果物《くだもの》なのだ。

この一週間、食欲が失《う》せていた直希だったが、朝食についた桃だけは板橋の分までかすめとって食べたほどだ。

「メシはいいとして、この閑散《かんさん》とした浜じゃナンパもできねーじゃん」

ぼそぼそこぼす板橋に、

「ちょっと、私たちと一緒に来てナンパって何？　失礼な男ね」

可奈が康太の手からフリスビーを奪い取って、板橋を叩きにかかる。

「うわっ、ごめん。うそです、うそ」

逃げる板橋を可奈が追いかけ、そのあとを莉子も笑いながらついていった。

一人残った康太は、早くも小腹が空《す》いたとみえ、バッグの中からごそごそとスナック菓子を引っ張り出す。

直希は再びビーチチェアに身をゆだね、半曇りの空を見上げた。

阿倍《あべ》は今頃、学会の真っ最中だろうか。

そう遠くない会場に阿倍がいると思うだけで、胸がきゅんとなった。

この一週間、携帯の電源はずっと切りっぱなしだ。

その間、阿倍は電話をくれただろうか。一週間も連絡がつかないことに、少しは気をもんだだろうか。

阿倍の気持ちは知る由《よし》もないが、直希の方は一週間ですっかり音《ね》をあげていた。

気分転換に数日実家に帰ってみたりもしたが、母親や姉にちやほやと構われている間も、阿倍のことが頭から離れなかった。

そんな自分への腹立ちまぎれに、いっそ本当に姉貴の友達とつきあってやろうかと、姉と友達との買い物に同行してみたりもしたが、友達の方がすっかり器量よしの弟に夢中になる一方、当の直希はまったくその気にはなれなかった。

一昨日《おととい》、直希は実家の家《いえ》デンから大学の事務室に電話して、阿倍の学会の開催場所を聞き出した。ついでに消去してしまった阿倍の携帯の番号も聞き出そうとしたが、そちらは個人情報のため教えられない決まりだとのこと。急ぎの用事なら、阿倍准教授《じゅんきょうじゅ》からそちらに連絡を入れるように手配しますと言われたが、慌てて断った。大学に連絡をとってまで阿倍に会いたがっていると思われるのが屈辱《くつじょく》だったので。

そのあと莉子に電話をかけて、翌日からの旅の行き先変更を申し出た。いや、申し出たなどという丁重《ていちょう》なものではない。強引に変更させたのだ。

二泊三日の旅程の二日目、つまり今日が、阿倍が出席する新潟の学会の開催日なのである。一週間の間に、偶然を装って阿倍のマンションのあたりをうろついて会える機会をうかがってみようかとも思ったが、住宅街の中にある阿倍のマンションを偶然通りかかるというのはあまりに不自然で、会いに来たことがあからさまにバレてしまう。

しかし、友達との旅行先がたまたま新潟だったというのなら大義名分が立つだろうと思ったのだ。

もちろんそれは幼稚《ようち》な浅知恵にすぎなかった。

旅先がたまたま新潟、というところまではアリだとしても、学会の行われるホールの前をたまたま通りかかるというのは、やはり不自然このうえない。

ここまで来て、結局会えずに終わるのかと、直希はひとりじりじりする。

そんな直希のバカな悩みなど知るはずもなく、板橋と女子二人は波打ち際で水しぶきと歓声をあげているし、傍《かたわ》らに座った康太は幸せそうにじゃがりこを食べている。

直希の視線に気付いた様子で、康太が顔をあげた。

「あ、食べる？」

じゃがりこを差し出されて首を振る。

「おまえはいつも幸せそうだな」

嫌味のつもりで言ったのだが、

「ありがとう」

康太は人のいい顔でにこにこ笑っている。

そういえば、と直希は思い出した。

「おまえ、昨夜どこ行ってたの？」

阿倍のせいでこのところ眠りの浅い直希は、夜中に康太がごそごそと布団を出て行く気配に気付いた。トイレかと思ったが、三十分ほどたっても戻って来ない。そのうちに直希もうつらうつらと眠ってしまったが、再び康太が布団にもぐり込む気配に気付いたのは、もううっすらと表が明るくなる頃だった。

康太はじゃがりこをくわえたまま、一瞬固まった。

「あ、気付かれてた？　ちょっと散歩」

「一人であんな長時間？」

直希の疑惑の視線に、康太は観念したような顔になった。

「板橋の車を借りて、莉子と二人でちょっとそこのラブホまで……」

へへへと照れ笑いを浮かべる康太に、思い切り蹴《け》りを入れたくなる。

こっちは恋人に一目会うにはどうしたらいいかと思い悩んでいるというのに、能天気にラブホだと？　ふざけんなよ。

しかし一方では、そういう場所に興味もあった。いつか自分も行くことになるかもしれない。その時のためにリサーチしておく必要があるのではないか。

「ラブホってどんな感じ？」

率直に訊《たず》ねると、康太は不思議そうに目を瞬《しばた》いた。

「岩佐なら、行き慣れてるんじゃないの？」

いや、俺は童貞《どうてい》で、そんなところには一度も行ったことがない。

などとはもちろん死んでも言わない。

直希はフンと鼻で笑ってみせた。

「俺、そういう安っぽいとこ使わないから」

「あ、そうか。そうだよな。岩佐のマンションなら全然女の子呼べるし、ホテルだったらシティホテルとかだよな」

康太は素直にそう呟く。この扱《あつか》いやすさがこの男のつきあいやすいところだ。

「だって、ああいういかにもやりに来ました的なとこで、フロントの人と顔合わせるの、イヤじゃん」

「いや、昨日行ったみたいなワンルーム・ワンガレージ型のところは、誰とも顔を合わせないから」

「へえ、そうなんだ」

「車庫と部屋が隣り合ってて、車庫に車を入れると、部屋の鍵《かぎ》が自動的に開くんだ。で、中に入ると自動で閉まる」

「キーとかないわけ？」

「うん」

「じゃ、自力じゃ開けらんないの？」

「部屋の中に清算機があって、それで清算すると、自動で鍵が開くようになってるんだよ」

「なんかそれ、怖くね？」

「うーん、確かに初めての女子とかは、怖いって思うかも」

そう言われて、直希は無意識に初めての女子視点になっている自分に気付き、慌てて蓮《はす》っ葉《ぱ》な口調を装った。

「で、部屋中鏡張りだったり、ベッドがぐるぐる回っちゃったりするわけ？」

「いや、そんなコテコテなところには行ったことないなぁ。風呂の仕切りがガラス張りなところを除けば、割と普通だよ。あ、なんかいかがわしい玩具《おもちゃ》の入った自販機とかはあるけど、高いから使ったことないし」

いかがわしい玩具と聞いて、頭の中をぐるぐるとあらぬ想像が巡《めぐ》る。

実はSの阿倍はそういうのを使いたがるのだろうか？

自分のあらぬ想像に焦《あせ》り、直希は康太の手からじゃがりこを数本抜き取って口に放り込んだ。ぼりぼりという小気味よい音が頭蓋骨《ずがいこつ》に盛大に響く。

「俺も泳いでくる」

小腹が満ちたらしい康太は、昨夜の寝不足などものともしない足取りで、友人たちの方へと走っていく。

中途半端に妄想《もうそう》だけをかきたてられた直希は、不貞腐《ふてくさ》れて康太のバッグを蹴っ飛ばした。

倒れたバッグの中から、新潟のガイドブックが滑《すべ》り出《だ》す。

手持無沙汰《ぶさた》ですることもないので、直希はそれを手にとった。背表紙一面に、水族館の広告が載っている。どうせ泳がないのなら、こんなところで太陽にあぶられているより、水族館にでも行った方がましだった。

一人で行ってみようかと、地図のページをさがしてぱらぱらめくっていると、莉子が寄ってきた。

「ねえ、そろそろお昼にしない？　そこの海の家でいいよね？」

訊ねながら、直希の手元を覗き込んで、目を輝かせた。

「あ、この宿、この前旅番組で紹介されてたよ！　いい感じだよねぇ。私もこういうところに泊まってみたかったな」

たまたま開いたのはとある秘湯《ひとう》のページだった。築二百年という宿が、大きな写真で紹介されている。

確かに雰囲気《ふんいき》のいい写真だった。囲炉裏《いろり》のある畳敷《たたみじ》きの広間や、庭園を望む広々とした客室は、畳のない家で育った直希たちの世代には、却《かえ》ってそそられるものがある。

「うわっ、一泊三万七千円からだって！　『から』だよ？　ありえなくない？」

莉子が奇声をあげる傍らで、こんなところに阿倍と泊まってみたいなどとふと思い、そんな自分にげんなりした。

温泉に泊まるどころか、今の自分には阿倍の携帯番号さえわからないのだ。

直希の悩みなど知る由もない莉子は、隣にしゃがみ込んで携帯を引っ張り出し、メールをチェックし始めた。莉子にしろ可奈にしろ、女子というのは意味不明な頻度《ひんど》でメールチェックせずにはいられない生き物らしい。

目にもとまらぬ速さでメールを打つ莉子を眺《なが》めながら、ふと思いついた。

「あのさ、うっかり削除《さくじょ》しちゃったケー番を、元に戻す方法ってある？」

莉子は親指の動きを止めて顔をあげた。

「どうしたの、急に」

「いや、おまえ携帯に精通してそうだから」

「消しちゃったものは戻せないでしょう。誰のケー番？　知ってる子だったら赤外線ビームでビビーッと送ってあげるよ」

学部の教員ならともかく、一コマ履修《りしゅう》しているだけの般教《パンキョー》の教員の個人情報を莉子が知っているとも思えない。万が一知っていたとしても、なにか怪しまれそうで訊く気にはなれなかった。

「知らない奴《ヤツ》だよ」

そっけなく言って、直希は再びガイドブックに視線を落とした。

「やりとりがあった相手なら着信履歴《りれき》が残ってるんじゃない？」

莉子はメールの続きを打ちながら、さらっと言った。

着信履歴。

そうだ。どうしてそんな単純なことに思い至らなかったのだろう。

消去してしまった衝撃に気を取られ、当たり前のことをすっかり失念していた。

こちらから連絡がとれるとわかったとたん、直希の心はざわめき立った。

思い切って電話してみようか。

シャツのポケットを探り、あ、と思う。

携帯は電源を切ってマンションのクローゼットに放り込んだままだ。

今すぐ取りに帰りたいが、そう簡単に戻れる距離ではない。というか、携帯よりも阿倍本人の方がよほど近い場所にいる。

会いたい、と切実に思った。

顔を見たい。声を聞きたい。

会場近辺で偶然会うのは不自然だけど、駅でならそうでもないんじゃないか？

会場前でこっそり待ち伏せして駅まであとをつけ、同じ時間の新幹線に乗り込み、偶然会ったふりをするのはどうだろう。

わ、奇遇だね、先生。こんなところで何してるの？　え、学会の帰り？　学会って今日だったんだ。知らなかった。あ、俺？　俺は友達と旅行に来た帰り。俺だけ用事があって先に帰ることになって。

「岩佐くん？　どうしたの？」

脳内で台詞《セリフ》をシミュレーションしていると、莉子が怪訝《けげん》そうに覗き込んできた。

「……帰る」

直希は我に返り、瞬《まばた》きをして莉子の方を見た。

「え？」

「用事を思い出したから、先に帰る」

「え、なにそれ、ちょっと待ってよ」

「みんなには適当に言っておいて」

「もうっ。どうしてそう身勝手なのよ！　ちょっと、岩佐くんってば！　本気で帰るつもりなら、自分の分くらい清算していきなさいよっ！」

莉子に怒鳴り散らされながら、直希は浜から五分ほどの民宿へと戻った。

一人分を清算するのが面倒だったのと、さすがの直希にもケシ粒《つぶ》くらいの罪悪感《ざいあくかん》はあったので、二泊三日の全員分の宿代をカードで支払った。

従業員に呼んでもらったタクシーに乗り、学会の行われているホールへと向かう。

市街地でタクシーを降りると、海辺とは違う暑さが首筋を焼いた。

空は半曇りだったが、真夏の昼時の日差しはかなりの強さだった。こんなところにあてもなく立っていたら、熱中症になってしまう。

とりあえず終了予定時刻を確認して、近くの喫茶店にでも入ろうと、ホールの入口へ向かいかけた時だった。

「岩佐くん？」

背後から怪訝そうな声音で呼びかけられた。

びくっと背筋が震え、心臓が縮《ちぢ》みあがる。

直希は怖々振り返った。確かめるまでもなく声の主《ぬし》が誰かはわかっていたが。数メートルほど離れたところから、スーツの上着を腕にかけた阿倍が驚いたように直希を見ていた。背後には見覚えのある助手と数名の学生の姿がある。

ホールの中にいるとばかり思っていた阿倍が、いきなり通りから現れたことで、直希はすっかり度を失ってしまった。

「こ、こんなところで何してるんだよ。学会中だろ?」

学会が今日だということも、このホールで催《もよお》されていることも、知らなかったという設定のはずが、いきなり失態を犯してしまう。

「昼休憩《きゅうけい》時間だから、外にランチに行ってたんだ」

阿倍は飄々《ひょうひょう》と答えて、連れの面々に先にホールに戻るようにと促《うなが》した。

「きみこそこんなところで何してるの?」

阿倍の問いかけに、直希は助手の後ろ姿を見送りながら、シナリオ通りの台詞をまくしたてた。

「友達と旅行に来た帰り」

阿倍は直希の友達の姿を探すように、周囲に視線を走らせる。

直希は慌てて言《い》い募《つの》った。

「さっきまで海で一緒だったんだけど、俺だけ用事があって先に引き上げてきたんだ」

「用事？」

問われて、マズいと思う。

その台詞は、新幹線の車内で会った時のために用意したものだ。帰りの車中であれば、実家の急用だとか、なんとでもでっちあげられるはずだった。

しかし友達と別れて阿倍の学会が行われている会場前をうろついている状況で用事といえば、どう考えても阿倍に会うことしか考えられない。

直希は慌てて頭の中を引っかき回し、ふと思いついて鞄《かばん》の中からガイドブックを引っ張りだした。うっかり持ってきてしまった康太のガイドブックだ。

「水族館に行きたかったんだけど、道に迷っちゃって。大きいホールが見えたから、中の人に道を教えてもらおうかと思ったんです」

いや、道を訊《き》くならそのへんの商店で訊いた方がよほど早い。

しかも友達と別行動をとってまで行きたい場所が水族館というのは、明らかに自分のキャラクターと嚙み合わない。

もう少しましな言い訳をすればよかったと内心焦りまくりながら、直希は「じゃあ」と阿倍に告げ、そそくさとその場から立ち去ろうとした。

「岩佐くん」

阿倍が呼びとめてきた。

「ちょっとそこで待ってて。すぐに戻るから」

阿倍はそう告げると、足早にホールの中へと消えた。

直希は心臓を押さえてその場にへたり込みそうになった。

阿倍に会えたのは嬉しいが、それが不意打ちだったために嬉しいのと同じくらい困惑もしていた。

これじゃどう考えても偶然に見えない。わざわざ新潟まで会いに来たなんて思われたら、屈辱の極《きわ》みだ。

ここはとりあえずそそくさと立ち去って、冷静になって筋の通った言い訳を考えなければ。

しかししょうもないことを画策《かくさく》している間に、阿倍がビジネスバッグひとつ提《さ》げて戻ってきた。

「じゃ、行こうか」

にこにこと促されて、ぽかんとなる。

「行く？　どこに？」

「水族館」

「え……、あの、学会は？」

「昼前にうちの発表は終わったんだ。午後は聴講だけだから、あとは任せてきた」

「そんな無責任なことでいいのかよ」

「よくないけど、しょうがないだろ。恋人がわざわざこんなところまで会いに来てくれたんだから」

飄々と言われて、直希は顔から火を噴《ふ》きそうになった。

「ち、違うだろっ！　俺はあんたに会いに来たわけじゃない！　たまたま通りかかっただけだ！」

「はいはい」

「ホントだって。康太たちがすぐそこの海で遊んでるから、そんなに疑うなら呼び出してやる」

息巻いて携帯をさぐったが、すぐに持っていないことを思い出した。

思わず舌打ちする直希に、阿倍が眉根《まゆね》を寄せて訊ねてきた。

「もしかして携帯をどうかした？　この間から何度かけても繋がらないから、気になってたんだ」

それでは、やはり阿倍の方から連絡を入れてきていたのだ。

ささやかな安堵《あんど》と優越感が胸を満たす。

「心配になって、一度、きみのマンションにも行ってみたけど、留守だったたし」

多分、直希が実家に帰省している日だったのだろう。

電話のみならず、阿倍がわざわざ直希のマンションにまで足を運んだという話に、勝《か》ち誇《ほこ》った気分になる。

「そんなに俺に会いたかったわけ？」

直希は見下すような尊大な口調で訊ねた。

「うん、かなり」

阿倍は真面目《まじめ》に答えたあと、ちょっと悔《くや》しそうな顔をした。

「でも、新潟まで会いに来てくれたきみの熱意には負けるかも」

勝ち誇った気分が、一気に叩きのめされる。

「だーかーらーっ、俺は水族館が見たかっただけだ！」

「そうだったね。水族館。早速行こうか」

阿倍はにやにや笑って歩き出す。

「場所、わかるのかよ」

「カーナビは何でも知っている」

歌うように上機嫌に言って、阿倍が向かったのは、ホール裏手の駐車場だった。

車で来ていたとは思わなかった。

だったら、学会終了を待ってみても、あっけなく取り残されて虚《むな》しい思いをしただけだったかも。

熱気の籠《こも》った車を冷やしながらカーナビをセットすると、阿倍は不意に助手席の直希の方を振り向き、かすめ取るようにキスをした。

真昼の駐車場で何をしやがる、と焦りながら、カーッと顔に血が上《のぼ》っていく。

「なっ、なにするんだよ、バカ！」

「目上に向かってバカとか言うなよ」

「だってバカだろっ！」

「いいじゃないか。一週間ぶりだし。すごく会いたかったんだから」

「さっさと発進させろよ」

横柄《おうへい》に命令する直希に失笑をもらして、阿倍はギアをドライブに入れた。

車がゆったりと走り出す。

直希は助手席にふんぞりかえって、阿倍にキスされた唇を指先でなぞりながら、ぼそぼそ呟いた。

「……忙しいから学会が終わるまで会えないって言ったのは、そっちじゃん」

阿倍は運転しながらちらりと直希の方を見た。

「忙しかったのは本当だけど、きみの反応が見てみたかったっていうのもある」

「反応？」

「一週間会えなくて、淋《さび》しかった？」

質問に逆に質問を返されて、直希は一瞬面食らう。

「べ……別に」

新潟まで足を運んでおいて否定しても何の意味もないのだが、強がらずにはいられない。

そんな直希のすべてを見抜いたように、阿倍はくすっと笑った。

「高慢で尊大なきみが、プライドをかなぐり捨てて会いたがってくれたりしたら嬉しいなぁと思ってた。ほら、僕って実はSだから」

その希望がかなったことを示すような阿倍の笑顔が、無性に腹立たしい。

「……先生って本物のバカだよね」

呆《あき》れた口調で言い捨てる。

「なにそのくだらない策略。こっちはてっきり、また先生を怒らせたかと思ったじゃん」

「怒らせた？　なんで？」

「……先生のこと、好きかどうかわかんないとか言ったから」

阿倍は声をあげて笑った。

「きみの性格はすでに把握《はあく》済みだから、もうそんなことで怒ったりしないよ。まあ、口の減らない恋人をちょっと懲《こ》らしめてやろうくらいは思ったけど」

目指す水族館は思いのほか近く、そんなことを言い合っているうちに着いてしまった。ホールから歩いてでも来られる距離だった。

夏休みということもあってか、駐車場は満車に近かった。

なんとかスペースを見つけて車を停め、人の流れにのって水族館の入口へと向かう。客はほとんど家族連ればかりで、成人男子の二人連れなどほかには見当たらない。

施設は意外に広くてきれいだった。

特に水族館好きというわけではないが、薄暗い大水槽《だいすいそう》の中を泳ぐ魚の群れは神秘的で、思わず見惚《みと》れる。

「あれ、かわいいね」

まるで海底散歩のような気分を味わえるアクリルガラスのトンネルを通り抜けながら、阿倍が頭上のエイを指さす。白い腹のエラのかたちがまるで飄軽《ひょうきん》な笑顔のように見えて確かにかわいい。

人波に流されながら、阿倍がさり気なく手をつないできた。

直希は驚いて傍らの阿倍を見上げた。

「こんなところで何考えてるんだよ」

「これだけ薄暗くて混んでたら、見えないよ」

「明らかに見えてるよ。ホモのカップルだと思われるだろう」

小声で抗議すると、

「実際その通りだし」

阿倍は楽しげに言いながらも、直希の手をそっと解放する。

急に名残惜《なごりお》しくなって、直希はその手をつかみ直した。

阿倍がちょっと驚いた顔で直希を振り向く。

「……しょうがないから、ちょっとだけつきあってやる」

直希はぶっきらぼうに言い放った。

「それは光栄です、王子様」

阿倍がぎゅっと手を握《にぎ》り返《かえ》してきた。

薄暗いトンネルを抜けたところで、どちらからともなくつないだ手を離したが、甘やかな気分は消えないまま直希をくすぐったく包み込んだ。

幻想的な水クラゲの水槽や、有毒生物の特別展などをひとつひとつ丁寧に見て、イルカのショーを堪能《たんのう》したあと、ベンチで一休みすることにした。

昼飯を食《た》べ損《そこ》ねた直希が、ホットドッグにかぶりつく傍らで、阿倍はアイスコーヒーを飲みながら腕時計に視線を落とした。

「ほかにどこか行きたいところは？」

訊かれて直希も腕時計に目をやる。

夏の日はまだ高いが、そろそろ四時になるところだ。

「特にないけど」

「今日は泊まれるの？」

さらっと問われて、ホットドッグを咀嚼《そしゃく》する動きが止まる。一拍おいて心臓が激しくばたばたしだす。

「……べ、別に平気だけど」

努めてなに気ない風に言いながら、緊張で手のひらに汗が浮いてくる。

仲直り（?）もしたし、デート（?）もしたし、関係をステップアップさせるにはごく自然な流れだ。

身がよじれるような甘い期待と、それを微妙に上回る怯《おび》えとで、にわかにホットドッグの味がわからなくなる。

阿倍に不審に思われないように、直希はなんとかホットドッグを食べ続ける。

コーヒーを飲み終えた阿倍は、ちょっと待ってて、と席を立ち上がった。十メートルほど離れた喫煙所に移動し、煙草《たばこ》に火をつけながら携帯を取り出した。きっとさっきの研究室の面々に連絡でも入れているのだろう。

何件か電話をかけて阿倍が戻ってきたときには、直希もなんとかホットドッグを食べ終えていた。

「行こうか」

促されて立ち上がり、阿倍の傍らをぎくしゃくと歩いて出口へと向かう。

出口の脇に、「産地直送」の旗が立っていた。

年嵩《としかさ》の夫婦が、小さな屋台で桃を売っている。

直希が立ち止まると、阿倍も興味深そうに足を止めた。

「新潟って米と海産物のイメージだけど、桃も名産なのか」

「今朝、民宿の朝ごはんに出たけど、すごいおいしかった」

「そうなんだ。桃、好きなの？」

「大好物」

阿倍は直希の言葉にいちいち楽しげに目を細めると、やおら財布を取り出して、桃を一籠《ひとかご》買い求めた。

「はい、どうぞ。車で食べようか」

ずっしりと重いビニール袋を手渡されて面食らう。

「別に買ってくれなんて頼んでないけど」

「頼まれなくても、きみの好きなものは何でも買ってあげるよ」

「……キャバ嬢《じょう》に貢《みつ》ぐおっさんかよ」

「わざわざこんな遠くまで会いに来てくれた熱意に酬《むく》いなくちゃ」

蒸し返されてまたもカーッと顔に血の気が上る。

「しつこい！　別にあんたに会いに来たわけじゃないって言ってるだろう」

助手席に滑り込んだ直希は、乱暴な音を立ててドアを閉めた。

「はいはい。失礼しました」

「だいたい、ナイフもないのにどうやって食うんだよ」

「桃は手でむけるだろう」

「ウソばっかり」

むいて食べやすい大きさに切ったものしか、直希は口にしたことがない。

「ウソじゃないよ。熟《じゅく》していれば、手でするっとむけるよ」

阿倍はエンジンをかけながら、からかうような流し目で直希を見た。

「俺がむいてあげるよ、桃もきみも」

「……エロオヤジ最低」

くだらない冗談に赤面しそうな自分に焦りつつ、阿倍を睨《にら》みつけた。

車は海沿いの道を走り始めた。

夕日にはまだ少し早いが、傾きかけた太陽が海面にきらきらと反射して美しかった。

ビーチサンダルで足の皮がずるむけた思い出は、もう遠い昔のこと。

阿倍の傍らで広々とした日本海を眺めながら、新潟に対する偏見《へんけん》をこっそりと改める。

それにしても。

直希はちらりと運転席の阿倍の横顔に目をやった。

泊まりって、どこに泊まるつもりだろう。

車はどんどん市街から遠ざかっているから、街中のシティホテルということはなさそうだ。

やがて海沿いの道を離れ、車は田舎道《いなかみち》をひた走る。

通りに、ふいとラブホテルの案内板が現れる。二百メートル先信号左折と書かれている。

もしかしてああいうところか？

生々しさに胸がどきどきしたが、阿倍の車は二百メートル先の信号を直進した。

直希は胸を撫《な》で下《お》ろした。

しかししばらく走ると、また数軒のラブホテルの看板が目に飛び込んでくる。

なぜ田舎にはラブホテルがこんなに多いんだ？

それとも自分がその手のものに神経過敏になりすぎているのだろうか。

ふと、今朝康太から聞いた話と、自分の想像とが頭の中でおどろおどろしくミックスする。

セックスのために作られたオートロックの密室。ガラス張りの淫靡《いんび》なバスルーム。いかがわしい自販機のガラス扉の向こうに並んだ鞭《むち》とかローソクとか手錠《てじょう》とか。

いやらしい想像をすれば、それなりにいやらしい気分になるのは否《いな》めないが、興奮よりむしろ恐怖と嫌悪感の方が何倍も大きかった。

場数を踏んだカップルのバリエーションとしてならそういうのもいいのかもしれないけれど、初めてがそれってトラウマになりそうな気がする。

「どうしたの？　酔《よ》った？」

思わず手のひらで口元を覆《おお》った直希に、阿倍が心配そうに声をかけてきた。

やっぱラブホはヤだ。っていうか今日はやっぱり帰りたい。

もれそうになる怯えと本音を、しかし直希はごくりと飲み下す。

ただでさえ童貞をからかわれているのに、このうえ更《さら》に稚拙《ちせつ》な不安をさらけだして、失笑を買うわけにはいかない。

直希は手のひらの下で、出もしないあくびをかみ殺すふりをしてみせた。

「眠い」

内心の動揺を押し隠して、横柄で不機嫌な声を出す。

どこまでもどこまでも見栄っ張りな王子である。

「寝てていいよ。着いたら起こすから」

着くってどこに？　と訊きたかったが、怖くて訊けなかった。

ラブホテルの看板が出現するたびにびくびく怯えながら、直希は助手席で硬直し続けた。

だだっ広い田んぼ中を走っていた車は、やがて小さな山間《やまあい》へと入っていった。

細くくねった通りの脇に、こぢんまりとした旅館が立ち並んでいる。どうやら小さな温泉街のようだった。

やがて車は、間口の広い由緒《ゆいしょ》ありげな宿の前で停まった。

「着いたよ」

阿倍はほがらかに言って、ビジネスバッグと桃を手に、車を降りた。すかさず駆け寄ってきた従業員に、車のキーを預ける。

遅れて車から降りた直希は、既視感のある重厚な玄関を見上げて思わず呟いた。

「……一泊三万七千円から」

「え？」

阿倍が怪訝そうに訊ねてきたが、出迎えに出てきた仲居の挨拶《あいさつ》に会話は中断し、そのまま中へと案内される。

そこは、ガイドブックに見開きで紹介されていた、莉子垂涎《すいぜん》の老舗《しにせ》旅館だった。

いかがわしいところに連れ込まれなかったことにほっと安堵しつつ、単なる成り行き旅行でこんな高いところに泊まる気かよとあっけにとられる。

阿倍が宿帳に記帳する間、直希は囲炉裏のある畳敷きのロビーに腰を下ろして、仲居にすすめられた冷たい緑茶で緊張を紛《まぎ》らわせた。

黒光りする太い柱や、高い天井《てんじょう》に剝《む》き出《だ》しの梁《はり》は、宿の歴史を感じさせた。曇《くも》りひとつなく磨《みが》き上《あ》げられたガラス戸の向こうに、手入れの行き届いた庭園が見える。

記帳を終えた阿倍と共に案内された部屋は、廊下《ろうか》の突き当たりにあった。一階だが、階段を数段あがる風情《ふぜい》ある作りが、部屋の独立性をかもしだしている。

「うわっ」

部屋に入ったとたん、直希は思わず奇声を発し、慌てて口を押さえた。

広い部屋は南東がガラス張りになっており、東側は庭に、南側はプライベートな檜《ひのき》の露天風《ろてん》呂に面している。

ひと通りの説明を終え、お茶をいれると、案内の仲居は部屋を出て行った。

くつろいだ様子でネクタイを外す阿倍の傍らで、直希は啞然《あぜん》とした。

「……なに、この部屋」

「うん。いい感じだよね」

「そうじゃなくて、いや、確かにいいけど、思いつきで泊まるようなとこじゃないだろ」

「この程度のところなら、泊まり慣れてるだろう。きみはいいとこの坊っちゃんらしいし」

阿倍は風呂へと続くガラス戸を開きながらのどかに言う。

確かに贅沢《ぜいたく》には慣れているが、それとはまた意味が違う気がする。

「やわらかくて、いいお湯だよ」

浴槽に手を入れて上機嫌に言った阿倍は、今度は洗《あら》い桶《おけ》に蛇口《じゃぐち》の冷水を張り、先程買った桃を二つ放り込んだ。

「風呂あがりに食べよう」

すっかり我が物顔でくつろぐ阿倍とは裏腹に、直希はなんとも落ち着かない。

「ここ、ホントはさっきの助手の人とかと泊まるはずだったの？」

「まさか。今日はまっすぐ帰る予定だったんだよ」

阿倍はにこにこと言った。

「思いがけず、きみとゆっくりできそうだから、さっき水族館から予約を入れたんだ。前に一度来たことがあるんだけど、落ち着いたいい宿だったから」

さっきの電話がそれだったのか。

「ラッキーなことに、たまたま一室だけ空《あ》いてたのがこの露天風呂付きの部屋だった」

「行きあたりばったりの泊まりに、こんなとこ取るなんて、バカじゃないの？」

一泊三万七千円から、だ。露天風呂付きの部屋はいったい幾《いく》らだよ？

「そう？　じゃ、どんなとこがよかった？　さっき何軒かあったラブホテルとか？」

道中、妄想でビビっていたことをいきなり言い当てられたような気がして、思わず絶句する。

「そういう若い子好みのところの方がよかったかな」

「べ、別に……」

「でも僕は、きみとの初めてがそんなやるだけが目的みたいな味気ない場所じゃイヤだな」

優しく囁《ささや》かれて、不覚にもキュンとなる。もしかして俺って結構大事にされてる？

ほわっとそんな感慨《かんがい》に耽《ふけ》っている隙に、ふと気づけば阿倍の大きくて器用な手でシャツのボタンを外されていた。

「……何してるんだよ」

胡乱《うろん》に見上げると、阿倍はニコニコと言った。

「とりあえず、一緒に風呂で汗を流そうか」

かかーっと顔に血の気が上る。

「場所がどこだろうと、結局はやるだけが目的じゃん！　スケベジジイ！」

「ジジイはないだろ。風呂に入ろうって言っただけじゃないか。一緒が恥ずかしいなら、最初は別々でもいいよ」

阿倍が失笑しながら言う。

実際恥ずかしいのだが、恥ずかしがっていると思われていることが更に恥ずかしい。しかも別々でいいと言われても、部屋から丸見えのこの風呂に一人で入るのはラブホテルのガラス張り風呂より恥ずかしい気がする。

「ここ、ちゃんと簾《すだれ》が下ろせるようになってるから、大丈夫だよ」

直希の内心を見透かしたように阿倍が簾のひもを引いてみせる。

しかし簾もガラス戸の鍵も、部屋の中についているのだ。風呂側の無防備さは変わらない。

もちろん、見栄っ張りの直希は「恥ずかしいからいやだ」などとは死んでも言わない。

「俺、せっかく温泉に入るならそんな家風呂サイズじゃなくて、でかい浴槽《よくそう》に浸《つ》かりたいから」

タオルをつかんでさり気なく告げる。

「そうか。じゃ、まずは大浴場に行こう」

当然のように一緒に行こうとする阿倍に、慌てて食ってかかる。

「わざわざ風呂付きの部屋をとったんだから、先生は責任を取って部屋風呂に入れよ」

なんの責任なのかわけがわからないが、強引な理屈で阿倍を封じ込め、鞄から着替えを引っ張り出すとさっさと一人で大浴場へと向かう。

迷子になりそうに入り組んだ廊下をさまよい、辿《たど》りついた大浴場は、年配の先客が二人ほど湯に浸かっているだけで、のんびりと空《す》いていた。阿倍が最後の一室を押さえたとのことだから、満室のはずだが、元々の客室数が少なそうな贅沢な宿だから、洗い場のカランが全て客で埋まるような混み方はしないのだろう。

湯気に曇った鏡の前で、直希は念入りに身体を洗った。そしてそんな自分に居たたまれない恥ずかしさを覚える。

しつこいようだがラブホテルの風呂でなくて良かったと思う。見知らぬ他人が浴槽に浸かっているのを見ると、なんとなくホッとして、リラックスする。

年月を感じさせる古い檜《ひのき》の浴槽は、しっとりと肌触《はだざわ》りが良かった。

部屋に戻るのを引きのばすように、温度の違う二つの浴槽と、露天の岩風呂とに順番に長々と浸かる。最後にもう一度身体を洗って、やっと直希は風呂からあがった。

湯あたり寸前の茹《ゆだ》り加減でふわふわと部屋に戻る。

縁側の籐椅子《とういす》で涼をとっている阿倍と目が合って、直希は思わず固まった。

部屋風呂を使ったらしい阿倍は、宿の紺地の浴衣《ゆかた》を身にまとっていた。

三十半《なか》ばの男のがっしりとした厚みのある身体に、浴衣はとてもよく似合っていた。まだ湿り気を帯びた髪や、浴衣の合わせから覗くゆったりと組まれた素足が、思わず生唾《なまつば》を飲むほど色っぽかった。

「気持ち良かった？」

のどかな声で訊ねられ、直希は小さく頷いた。

「部屋風呂もなかなかいいよ。二人でも十分入れる広さだから、あとでもう一度入ろうよ」

あとって何のあとだよと、脳内で妄想過剰《かじょう》な突っ込みを入れながら、直希はくらくらして鼻血を吹きそうな気分になる。自分が三十男の浴衣姿にムラムラするなんて、これまでの人生で想像もしたことがなかった。

「なに？」

直希の視線の意味を問うように、阿倍が小首を傾《かし》げる。

「浴衣が……」

似合うね、と無防備に思ったままを口にしそうになって、途中で黙る。そんなことを言うのは、なんだかものすごく恥ずかしい気がする。

「ああ、浴衣ならそこの箪笥《たんす》に入ってるよ」

見当違いの阿倍の説明に頷き、一応浴衣を引っ張り出してみるが、広げただけで放り出す。

「やっぱいい。浴衣ってはだけて着づらいし」

「そこがいいんじゃないか。色っぽくて」

「……バカじゃないの」

確かに阿倍の浴衣姿は壮絶《そうぜつ》に色っぽいけどと思いながら、相向かいの椅子に腰を下ろす。

「まあ、きみはその格好でも十分色っぽいけどね」

直希はタンクトップにハーフパンツという格好だった。長湯で温まりすぎた身体にはちょうどいい服装だが、阿倍にじっと見つめられると急に落ち着かなくなって、そそくさとシャツを羽織った。

気恥ずかしさを誤魔化すように、直希は窓の外に視線を向けた。

宵《よい》の庭は控《ひか》えめにライトアップされて、灯籠《とうろう》や池がぼうっと浮き上がって見える。宿にコの字型に囲まれた庭はそう広くはないが、薄闇に浮かぶ背後の山が景色に広がりを持たせている。

「実にうまく計算された景観だね。こういうの、借景っていうんだよ」

阿倍がのんびりと言う声に、部屋の電話が鳴る音がかぶさる。

電話は、食事の支度《したく》が調《ととの》ったことを知らせるものだった。

風呂と同じで、衝立《ついたて》で仕切られた食事処《どころ》も数組の客でゆったりと設《しつら》えられていた。

色とりどりの先付けに始まり、料理はどれも手が込んでいて美しかった。

けれど直希は一向に箸《はし》が進まない。

「どうしたの？　食欲ない？」

手酌《てじゃく》でビールを注ぎながら、阿倍が訊ねてくる。

「さっき、中途半端な時間にホットドッグなんか食っちゃったから、腹いっぱい」

直希は奉書焼《ほうしょや》きの魚の切り身を箸でせせりながら、ぼそぼそ答えた。

本当は、緊張で食べられない。このあと自分が食われるとわかっていながら、食欲旺盛《おうせい》でいろというのは無理な話だ。

「ホントは違う理由なんじゃないの？」

いきなりその心中を見透かしたようなことを言われて、直希は気色《けしき》ばむ。

「ど、どういう意味だよ」

「偏食《へんしょく》のきみにはムリな料理ばかりだよな。お子様ランチ、注文してあげようか？」

見当違いにほっとしつつも、バカにされたことに変わりはない。

「うるさいな。食えるよ、これくらい」

直希は先付けの皿の甘エビみそを口に放り込み、磯《いそ》の香《かお》りにむせかえった。

「ムリしなくていいよ」

阿倍は失笑しながら、直希のグラスにビールを注いでくれた。

直希は慌ててそれで苦手な味を飲み下した。

偏食を体《てい》のいい隠《かく》れ蓑《みの》にしつつ、それでもアルコールが回ってくると少しリラックスして、多少は料理に箸も伸びた。

部屋に戻ると、いつの間にか床《とこ》がとってあった。

二組並んで敷かれた布団を見ると、緊張がいや増す。

風呂も食事も済んで、目の前には布団が敷かれているというこの状況。

もはやすることといったらひとつしかない。

涼をとるために開けていた庭に面したサッシを阿倍が閉めると、池に流れ込む涼やかな水音が、遠くなる。

「静かだね」

阿倍はそう言って、直希の肩に手をかけた。

硬直しているうちに、阿倍の笑った形の唇が直希の唇に重ねられる。

単なるキスではない。食事の前の先付けのような、これからの行為への前置きめいた生々《なまなま》しいくちづけに、身体中が心臓になったみたいにどくどくいいだす。

「緊張してるの？」

キスのあわいに阿倍がからかうように訊ねてきた。

いつもなら見栄っ張りの強がりで反論するところだが、あまりにも緊張しすぎて言葉を発することができなかった。

何もしていないのに呼吸が浅くなって、息苦しくなってくる。

「おいで」

阿倍に手をひかれる。

恐怖と緊張と興奮で、全身の血が頭に上っていく。

ギャーッ押し倒される！

しかし阿倍は布団の脇を素通りして、直希を部屋付きの露天風呂の方へと誘った。

サッシを開け、檜張りの床に屈《かが》み込《こ》む。

「これ、忘れてた」

そう言って、桶の中にのどかに浮かんだ桃を指さした。

「デザートに食べよう」

「……食えない」

直希はかすれた声で答えた。

「どうして？　大好物だって言ってたじゃないか」

「……緊張しすぎて無理」

もはや見栄も恥も捨て、直希は正直に答えた。

バカにされるかと思ったが、阿倍は優しく笑っただけだった。

「だったら余計に何か食べた方がいいよ。落ち着くから」

水の中で不思議に透明な膜をかぶっている桃をひとつつかみだすと、阿倍は皮を指先でつま

んだ。

するりと小気味よく皮がむけていく。

丸裸になった桃を直希に渡し、阿倍は二つ目の桃に取り掛かる。

直希は果汁のしたたる桃を両手に持て余しながら、敷居《しきい》に腰を下ろした。

甘い匂《にお》いに鼻孔《びこう》をくすぐられる。急に喉の渇《かわ》きを覚えて、やわらかな桃にかぶりついた。

丸のままの桃は、甘くみずみずしく、えもいわれぬおいしさだった。

直希の前に屈んだ阿倍も、桃に白い歯をたてた。

「うまい」

無邪気に笑う。

一口食べたら、自分が案外空腹だったことに気付いた。こんなことならバカみたいに緊張してないで、ちゃんと食事に集中すればよかったと後悔しながら、甘い果汁をすする。

そんな直希を、阿倍がニコニコと見ている。

「……なんだよ」

「いや、さっき緊張してるって言ったときのきみ、すごくかわいかったなぁと思って」

俄《にわ》かに顔が熱くなる。

「……ムカつく」

「え、なんで？」

「そうやってすぐ人をバカにするし」

「バカになんかしてないよ」

「してるよ。俺が童貞《チェリー》だからって、バカにしてるだろ」

「してないって」

阿倍は食べ終えた桃の種を、桶の中にぽとりと落として、水の中で手をすすいだ。

「それにきみは、サクランボというより、桃って感じだよ」

「……意味わかんねーし」

憮然《ぶぜん》とする直希の手から桃の残骸《ざんがい》を取り上げながら、阿倍は言った。

「英語だと桃には『かわいい人』っていう意味もあるんだよ」

「それ、明らかにオンナコドモ向け表現だろう」

直希は口を尖らせた。

「でも、桃はドイツ語では男性名詞だよ」

理不尽な屁理屈《へりくつ》にやり込められているうちに、立ち上がった阿倍が覆いかぶさるように近づいてくる。

微笑《ほほえ》んだ目の中にひらめく男の色気に、また脈が早まり、直希はじりじりと後ずさった。

桶の水で冷やされた阿倍の手が、直希の手をつかまえ、軽々と立たせた。

「……俺、手がべとべとだから洗わないと」

「どうせもっとべとべとになることをするんだから、このままでいいよ」

阿倍はそう言って、直希の手にしたたる果汁を熱い舌先で舐《な》めとった。

「あ……」

思わず無防備な声がこぼれる。

びっくりしている間に、阿倍は片手で背後のサッシを閉め、のしかかるようにして直希の身体を背後の布団に沈《しず》めた。

再び重ね合わされた唇は、官能的な桃の味がした。

ヤバい。俺、もう普通に桃が食えないかも。桃の匂いを嗅《か》ぐたびに、絶対やらしい気持ちになる。

そんなことを思う間に、みるみる身体の中心に熱が集まっていく。

「んーっ！」

緊張と羞恥《しゅうち》で思わず抵抗の声を上げようとする直希の唇をくちづけで塞《ふさ》いだまま、阿倍は器用に直希の着衣をくつろげていく。

たびたび芸能事務所からスカウトをかけられる、今風のスタイルのよさを誇る直希だが、厚みの薄い若い身体を阿倍の目にさらすことには気後れを覚えた。

名残惜《なごりお》しげにくちづけをほどいた阿倍が、着衣のはだけた直希の身体を視線で炙《あぶ》ってくる。

直希はその視線から逃《のが》れようと身をくねらせた。

「どうして隠すの？」

阿倍が不思議そうに訊ねてくる。

そんなの恥ずかしいからに決まってるだろう。

口に出せない直希の気持ちを汲《く》み取《と》ったように、阿倍が微笑む。

「恥ずかしがらなくても大丈夫だよ。勃起《ぼっき》障害は治ってるみたいだから」

「……っ！　あんた最低！　ぶっ殺す！」

耳たぶまで赤くなっているのを感じながら、直希は見当違いなことを言う男の下でじたばたと暴れた。

高校時代、初体験の女子の前では使い物にならなかった自分が屈辱だったが、今は逆に、キスだけであからさまに興奮していることがたまらなく恥ずかしく屈辱的だった。

「きみに殺されるなら本望だよ」

阿倍はくすくす笑って、ひんやりとした手のひらを直希の腹から胸へと這《は》わせた。

それだけでぞくぞくして、イってしまいそうになる。

直希は慌ててその手に爪《つめ》を立てた。

「ちょっ、待てよ、なんで俺が女みたいに組《く》み敷《し》かれてるんだよ」

阿倍は何度か目を瞬いた。

「あ、ごめん。きみ、上がよかった？」

やおらぐるりと視界が反転する。

直希は阿倍の腰の上にまたがる体勢になっていた。

「おお、このアングル。新鮮だな」

真面目な顔で言ったと思ったら、阿倍ははだけた浴衣の胸元を交差した両腕で覆って、悪戯《いたずら》っぽい表情で直希を見上げた。

「後ろは初めてだから、優しくしてね♡」

チェリー×バージンだね、などと道化《どうけ》る阿倍を見下ろしながら、クラクラとめまいがしてくる。

勢いで女扱いに文句をつけてみたものの、これはもっと無理な気がする。

それでも自分で言いだした手前、見栄っ張りの直希はあとには引けなかった。

震える指で阿倍の浴衣の帯をほどきにかかる。

緊張のためか、指が思うように動かない。帯と格闘《かくとう》する間に阿倍の手が下から伸びてきて、直希のタンクトップの中へと忍び込み、平らな胸の周りをゆるゆると這いまわり始めた。

女じゃあるまいし、そんなところを触って何が面白《おもしろ》いんだよと、最初は思っていたのだが、撫でまわされるうちに、変な気持ちになってきた。

ぞくぞくとじれったい痺《しび》れが、身体中に広がっていく。

まともに帯をほどけずにいるうちに、胸元を這いまわっていた阿倍の手がするりと下降し、直希の興奮にじかに触れた。

「んっ……」

思わずこぼれた喉声に、かっと頬が熱くなる。

「さ、触るなよ、ばか、あっ、あ……っ」

こらえる間もなかった。下から阿倍に視姦《しかん》されながら数回しごかれただけで、直希はあっけなく弾《はじ》けてしまった。

ありえないほどの気持ちよさと、死にそうな恥ずかしさに腰を揺らしながら、直希は涙目になる。

「あ、あんたがあちこちいじくりまわすからだろっ」

この期《ご》に及んでまだ自尊心を保とうと失態の言い訳をしてみるが、実際のところ言い訳にもなにもなっていない。

阿倍は直希の興奮に愛撫《あいぶ》の手を添えたまま、嬉しそうに言った。

「僕に触られて、そんなに気持ち良かったんだ。嬉しいな」

脱力した身体が、くるりとまた反転する。あっという間にまた阿倍の下に組み敷かれていた。

「でも、僕を気持ちよくする前に一人でイっちゃうなんて、タチ失格だよ。先にイった責任を取ってもらわないと」

阿倍は、直希が解《ほど》くのに難儀《なんぎ》した帯を自らするりと解いて浴衣を肩から落とした。

がっしりとした男の身体を目にしたとたん、一度放出した熱が再び集まりはじめる。

直希は混乱し、阿倍の身体の下から逃れようとずりあがった。

身体半分ほどずりあがったところで、阿倍に動きを封じられる。

あろうことか、ちょうど阿倍の目の前に腰を突き出したような格好になってしまう。

「若いなぁ」

硬さを取り戻しつつある直希の興奮に楽しげに一言感想を述べたと思ったら、阿倍は身を屈め、いきなりそこに舌を這わせてきた。

直希はびくびくと布団の上で跳ね上がった。

「ばかっ、やめろよ！　やっ、やめ……、やめて……っ」

ぬるりと口の中に含まれると、身体中の産毛《うぶげ》がぞわっとそそり立つ。

足の先から頭の先まで、よじれるようにきゅんと痛んで、声が甲高《かんだか》く裏返る。

見かけによらず超奥手な王子は、こんな快楽を人から与えられたことがなかった。

「やっ、それヤダ！　あっ……ん」

阿倍は広い口腔《こうこう》の中で直希を飴玉《あめだま》のように舐め溶かしながら、敏感な太ももの内側を指先でそろそろと撫でまわす。

気が狂いそうなほどに気持ちが良く、しかし一度射精《しゃせい》している上、阿倍が巧《たく》みに愛撫をコントロールしているため、たやすくは絶頂を極《きわ》められない。

自慰《じい》とは違って自分で決着をつけられない快楽は、苦痛と紙一重だ。

「やめてよ、もうヤダ、あ…っ、ばか！　ばかばかばか……あっ……やめ……」

阿倍の硬い髪をかきまわしながら、直希は背筋を仰《の》け反《ぞ》らせ、涙目で解放を訴《うった》える。

「やめていいの？」

阿倍が笑みを含んだ声で訊ねてきた。

解放直前まで高められた場所を急に自由にされて、じれったさに腰が揺れる。

無意識に触れようと伸ばした手を、阿倍に押さえつけられた。

「自分でするのは反則だよ」

「だ、だって……」

「だって、なに？」

「……あんたが、中途半端に、エロいことする、から」

「中途半端だった？　もう一回イきたい？」

「………」

「お願いしたら、イかせてあげるよ？」

「……マジでぶっ殺す」

なけなしの強がりで阿倍を睨みつけてみたものの、理性は快感を求める本能にあっけなくねじ伏せられた。

「……お願いだから」

「うん。なに？」

阿倍は意地悪く最後まで直希の口から言わせようとする。

羞恥と屈辱に焼け死にそうになりながら、直希はかすれた声でねだった。

「じらさないで、早くイかせて……」

「仰《おお》せのままに、王子様」

阿倍は満足げに言って、再び直希を口に含んだ。

熱い口腔の粘膜《ねんまく》と舌とで何度か強くしごかれると、すぐに絶頂がおとずれた。

「あっ……んんっ！」

慌てて性器を引き抜こうとしたが許されず、そのままぶるっと腰を震わせ、阿倍の口の中に射精してしまう。

呼吸を弾ませながら、直希は茫然《ぼうぜん》と阿倍を見上げた。

阿倍は直希が放ったものを飲み下し、鷹揚《おうよう》な笑みを浮かべて直希を見下ろしている。

友人に借りて観たことがあるAVでは、こういう行為は男の支配欲を満足させる手段として描写されていたが、実際に相手の口の中でイってしまった直希は、むしろ逆の気分だった。阿倍にいいように快楽を暴《あば》かれ、支配されたような感覚。

たとえようもなく恥ずかしく屈辱的で、居たたまれない気持ちだったが、だからといって嫌かと言われると、決してそうではないところがまたさらに屈辱的なのだった。

「大丈夫？」

放心状態の直希の頬に手を伸ばし、阿倍が訊ねてきた。

「……大丈夫じゃない。変態」

「ひどいな。気持ち良くしてあげたのに、なんで変態なの？」

「……あんなことするのは、ＡＶか変態だけだ」

「きみってホントにかわいいね」

阿倍ににこにこと見下ろされ、性的知識の稚拙《ちせつ》さを笑われたようできまり悪く、直希は身をよじって身体を横向けた。

「だいたい、先にイった責任を取れとか言いながら、なんでまた俺だけイかせてるんだよ。バカじゃないの」

恥ずかしくてたまらないことを、わざと露悪的《ろあくてき》に言い放つことで、誇りを保とうとする。

背後から阿倍の腕が伸びてきて、直希を抱き寄せた。

「責任を取ってもらう準備段階だよ。きみが快楽に身悶《みもだ》えるのを見てると、こっちも興奮してスタンバイ万全になる」

そう言って、阿倍は直希に身体を密着させた。硬いふくらみが尻《しり》に当たって、直希は思わずびくっと身を硬くした。

……俺がイくのを見て、こんなになってんのかよ。

「……やっぱ変態じゃん」

毒舌を吐《は》きながらも、阿倍が自分の痴態《ちたい》に興奮しているのだと思うと、なんだか狂おしくどきどきした。

もしかして俺も変態かも。あるいは世の中のカップルは、二人きりの時はみんなこんなふうに変態なのだろうか。

阿倍は背後から直希を抱き寄せたまま、直希の膝にわだかまっていたハーフパンツを下着ごとずり下ろした。心拍数がまた跳ね上がる。

再び直希の中心に伸びた手が、ぬめりの残滓《ざんがい》をからめとり、背後へと塗りひろげていく。

「あ……」

後ろのすぼまりを探られて、思わず声が裏返る。

いくら童貞にしてバージンでも、このあとの展開は薄々察しがつく。

「怖い？」

「……別に」

阿倍の問いかけに短くそう答えたのは、半分は強がりだったが、半分は本音だった。

未知の体験がまったく怖くないわけではないが、官能のスイッチを入れられた身体はどこを触られてもぞくぞくして、恐怖を上回る渇望《かつぼう》が全身を支配する。

会えなかった一週間は、味気なくてとてもつまらなかった。

阿倍に抱き寄せられ、求められているのだと思うと、それだけで身体中が甘酸《あまず》っぱくよじれる。

「そういえば、お姉さんのお友達の件はどうしたの？」

ぬるまったい愛撫を加えながら、唐突に耳元で阿倍が訊ねてきた。

一瞬、問いの意味がわからず、眉根を寄せる。

姉貴の友達ってなんだっけ？

「……ああ、この前一緒に買い物に行った人？」

そのことで阿倍に何か話しただろうか。いや、あれ以降、会うのは今日が初めてだよな。

じれったい快楽に飲み込まれかけながら記憶をたぐっていると、やさしく直希の身体の上をさまよっていた手が、ぴたりと止まった。

「ふうん。本当に紹介してもらったんだ」

「紹介？」

なに紹介って。

しばし考え込んでから、ああそうかと思い当たる。

一週間前に会ったときに、阿倍への強がりから「男が好きなわけじゃなくて年上が好きなのかも」とか「姉貴の友達でも紹介してもらおうかな」とか、そんなことを口走った気がする。

本気で言ったことではないので、すっかり忘れていた。

「あれは……っ」

冗談、と続けようとして、ひっと声が裏返った。

背後から横抱きにされていた身体をうつ伏せにされたと思ったら、それまで入口を撫でまわすだけだった阿倍の指が、ずるりと体内に侵入《しんにゅう》してきた。

「ひどい子だな、きみは。ホントに年上なら誰でもいいと思ってるの？」

「ち、違……」

「お姉さんのお友達とどんな悪さをしたの？」

「なにもしてな……い……」

阿倍の節の張った指が体内で蠢《うごめ》く。

ずりあがろうとしたものの、不自然な場所をいじられている違和感と怖さで身体に力が入らず、逃れられない。それどころか、膝を立てたせいでかえって尻を突き出すような淫猥《いんわい》な格好になってしまった。

「本当に？」

阿倍の指が内壁をこすりながら角度を変える。

ジワリともどかしいような快感を覚え、直希は布団に額をすりつけた。

「ホントだよ。姉貴たちの、買い物につきあっただけで、全然、そんな、なにかしようなんて気、にも、ならなかった……」

「きみはならなくても、向こうはなったかもしれない」

それは確かにそうだったけど、なんで他人の心情のことで責められなきゃならないんだ。

身も心ももどかしく、直希は頭を振った。

「先生が、悪いんだろっ」

荒い呼吸の合間に、切れ切れに言い放つ。

「もっと、いつも、強引に誘えばいいのに、すげーあっさりしてるから、俺のことなんて、大して好きじゃないかもって、思って、試したくなる……っ」

「逆だよ。好きだから、慎重《しんちょう》になってたんだよ」

「んっ……」

指を増やされたのか、にわかに圧迫感が増す。ひきつれてひりつく感じはあったが、痛みはなかった。ゆっくりとした指の動きに合わせて、静かな室内に濡《ぬ》れた音が響く。

その淫靡《いんび》な音に、身体中が熱くなる。

「きみが僕とのセックスを怖がってるみたいに見えたから、焦らずゆっくり攻略しようと思ってたんだ。無理強《じ》いは趣味じゃない」

取《と》り繕《つくろ》ったつもりでいたが、直希の怯えはすっかり見抜かれていたらしい。

「こんなことをされるのは、誰だって最初は怖いよね」

「べ……別に怖くなんか……」

「そう？　ここに来るまでだって、きみ、ラブホテルの看板を見つけるたびにビクついていたじゃないか」

「……っ」

全て気付かれていたとは。あまりにもかっこ悪すぎる。

しかし今のこの状況は、それを凌駕《りょうが》してあまりあるかっこ悪さだ。学部一のモテ男と言われる俺が、突き出した尻に指を穿《うが》たれて、もどかしい快感に身悶えしているなんて。

「会いに来てくれて、嬉しかったよ」

背後から覆いかぶさり、耳たぶに唇を寄せて、阿倍が囁く。

その吐息《といき》さえぞっとするほど気持ちが良くて、頭がおかしくなりそうだった。

「……だからっ、別に、あんたに、会いに来……あっ……あ……っ！」

ずるりと指を抜き出されたと思ったら、もっと重量感と圧迫感のあるいやらしい感触のものを押し当てられた。

無意識にずりあがろうとする身体を、がっしりと押さえられる。

「やっ……」

ぬるりと押し入られて、直希はたまらず甲高い悲鳴を上げた。

「痛い？」

囁くように訊ねられて、直希は涙目でかぶりを振った。

ぎりぎり、痛くはない。痛くはないけど、ありえない。

「……無理強いしな……て言った、くせ、に」

「無理強いじゃないでしょう。ほら」

直希が嫌がっていない証拠を見せつけるように、阿倍の指が直希の硬く張り詰めた興奮のかたちをぬるぬると指でなぞる。

「あ……や……っ」

「そもそもここまで会いに来てくれたのが、なによりの同意のしるしだろ？」

「だ、から、違……」

「違うの？　違わないでしょう」

「あっ……あ……」

前にも後ろにもゆるやかな刺激を与えられ、耳たぶに歯をたてられて、直希の理性は快楽の濁流《だくりゅう》に流されていく。

「あ……だって……会いたか…ったから……」

俺は何を言っているんだと、濁流の渦《うず》の中をくるくると回りながら、理性が叫ぶ。しかし理性はそのまま渦の中に飲み込まれて行方不明となった。

「かわいいね」

阿倍に耳元で囁かれると、身体中がきゅうっとよじれた。

「僕のことが好き？」

「……すき……死ぬほどすき……」

「ここ、気持ちいい？」

「んっ……やっ……持ちいい……いい…っ」

あられもない体勢をとらされ、あられもないことを言わされれば言わされるほど、頭がおかしくなりそうな快感が押し寄せて、身体がぴくぴくとしなる。

最後にはもう、自分でも何を口走っているのかわからない状態で、理性だけでなく意識そのものまでも、快楽の渦《うず》に飲み込まれていった。


目が覚めたときには、もう外はすっかり明るかった。

半分ほど開けられたカーテンの隙間から、青空と白い雲のかけらがのぞいている。暑い一日を予感させる夏空だ。

小鳥のさえずりと池に注ぐ爽《さわ》やかな水音が清々《すがすが》しく、昨夜の出来ごとはすべて夢だったのではないかという気がしてくる。

「おはよう」

籐椅子《とういす》から、低く優しい声に呼びかけられる。

「……おはよう」

答えながら布団から身を起こし、愕然《がくぜん》とする。

なに、このかすれ声？

なに、この身体中の違和感？

ぼうっとした頭が、一気に覚醒《かくせい》していく。

夢じゃない。あれもこれも。

昨夜の痴態《ちたい》の数々が脳裏《のうり》をよぎり、くらっと意識が遠のきそうになる。

「どうしたの？　大丈夫？」

立ち上がりかけて屈《かが》み込《こ》んだ直希《なおき》に、阿倍《あべ》が気遣《きづか》わしげに声をかけてくる。

「無理させすぎたかな」

そんなことを言われたら、更《さら》に昨夜の無理の数々が生々《なまなま》しく思い出されてしまう。

あんな一夜を過ごしたあとで、どんな顔で会話すればいいんだ？

世の中の恋人たちは、みんなこんな気まずさを経験しているのか？　それが大人になるということか？　だったらこれで俺も立派な大人だな。

自問自答しつつ、居たたまれなさのあまり直希はキッと顔をおこして、あえて露悪的《ろあくてき》に言い放った。

「まだケツにウンコがはさまってるような感じがする」

阿倍は飲みかけのミネラルウォーターにむせかえった。

「色っぽい起きぬけの顔で、なんてこと言うんだよ。僕はウンコか」

「そんなようなもんだろう」

「失礼だな」

苦笑いしながら、阿倍がミネラルウォーターのペットボトルを差し出してきたので、直希はそれを受け取り、向かいの籐椅子にそろそろと腰を下ろした。

「そのウンコにあんなに啼《な》かされてたくせに」

やおら阿倍からの逆襲に見舞われ、今度は直希がミネラルウォーターを噴いた。

「……ぶっ殺す」

「ごめんごめん」

阿倍は椅子の背もたれからバスタオルを取り、直希が床にこぼしたミネラルウォーターを拭《ふ》き取《と》った。そのまま直希の前に跪《ひざまず》き、直希の膝に手をのせて顔を覗《のぞ》き込《こ》んでくる。

「でも真面目《まじめ》な話、僕の三十四年の人生でたてつづけに三回もイったのは初めてだよ」

「……本気でぶっ殺す」

「え、なんで？　これまでの人生でいちばん興奮した一夜だったたって言ってるんだけど」

「もういいよっ、その話は」

直希は膝にのった男の手を邪険に振り払った。

この手が昨夜自分の身体にかけた魔法の数々を思い出すと、身体中の血がまた沸騰《ふっとう》しそうになる。

「王子様はご機嫌ななめか」

阿倍は苦笑いしながら、バスタオルを手に立ち上がった。

どうせ阿倍には見抜かれているのだ。自分の不機嫌が照れ隠しのポーズだということは。

阿倍の浴衣姿《ゆかたすがた》は、やっぱり悔《くや》しいくらいかっこいいと思いながら、窓の外に視線を向けた。

情緒《じょうちょ》豊かな日本庭園に朝日がふりそそいでいる。

女子とは違って、別に初体験の場所やシチュエーションにさしたるこだわりはないけれど、道端のラブホテルじゃなくて、こういうところで朝を迎えるのはやっぱりなんだかいいかもしれないと思う。

「どうしたら機嫌を直してくれるの？」

朝食前に浴衣を着替えようというのか、阿倍がこちらに背を向けて帯を解《ほど》きながら呟いた。

機嫌が悪いわけではなくきまり悪いだけの直希は、会話の糸口をつかむために尊大に言い放った。

「じゃ、もうちょっと着替えないでそのままでいてよ」

普段の生活では見ることのできない阿倍の浴衣姿を、もう少し見ていたいと思う。

阿倍は「え？」という顔で直希を振り返った。

その視線が気恥ずかしくて、直希は立て続けにまくしたてる。

「それから、桃《もも》、むいて」

ひどく喉が渇《かわ》いていたので、甘ったれてせがんでみる。

阿倍は目を見開いたあと、いそいそと直希の傍《かたわ》らに戻ってきた。

「むいていいの？　昨日の今日で？」

「は？」

直希は眉間《みけん》に皺《しわ》を寄せた。

「わけのわからないことを言ってないで、早くむいてよ」

「じゃ、遠慮なく」

阿倍は嬉々とした様子で直希の寝乱れたシャツに手をかけてきた。

「なっ、なに考えてるんだよ、バカ！　むくのは桃だってば！」

「僕の桃はきみだし」

「ふざけんなよ」

「だって、僕の着替えを阻止《そし》したうえで、桃をむけって言うのは、いわばそういう隠語的文学表現っていうか」

「そんなわけないだろっ！　俺は喉が渇いて桃が食いたいんだよっ、バカ！」

「僕もきみが食いたい」

「いい加減にしろよ、このエロ准教授《じゅんきょうじゅ》……！」

直希のかすれ声の抗議は、阿倍の唇に塞《ふさ》がれて、結局うやむやになってしまったのだった。


「やっと来たわよ、身勝手男が」

いつもの駅前の居酒屋ののれんをくぐると、直希《なおき》の姿をいち早く見つけた莉子《りこ》が手を振りながら呆《あき》れ口調で言った。

「大大大遅刻よ」

「ホント、いい加減な奴《ヤツ》だよな、おまえは」

「まあ来ただけいいじゃん」

可奈《かな》と板橋《いたばし》と康太《こうた》のコメントに順番に迎えられながら、直希は悪びれもせず長椅子に腰を下ろした。

お盆明けの今日、大学校舎の閉鎖《へいさ》が解かれ、直希は久しぶりに阿倍《あべ》の研究室に行った。

久しぶりというのはあくまで研究室がということで、阿倍とは頻繁《ひんぱん》に会っている。昨夜も一緒に食事をしたあと、なしくずしに阿倍の部屋に泊まることになり、今日は部屋から研究室まで荷物を戻すのを手伝った。

そんな最中、莉子からこの飲み会のメールが入った。旅行の写真を渡すからとのことだった。写真なんかわざわざプリントしないでデータ送信で済ませろという話だが、要するに旅行前の話し合い同様、集まって騒ぎたいだけなのだろう。

文句をつけつつも直希が飲み会に顔を出したのは、その写真が欲しいからだった。

学会の日に友達とたまたま新潟《にいがた》旅行に訪れていたという話を、阿倍は明らかに信じていない。しかもコトの最中に自分でも認めるような発言をしてしまった気がしなくもない。

しかしそんなのはその場限りのうわごとに過ぎない。仲間と撮《と》った写真なら、旅をした事実を証明するなによりの証拠となる。

今さらそんなことを証明する必要があるのかと思わないでもないが、根が見栄っ張りなので、どうしてもそこは明らかにしておきたい。自分が阿倍にめろめろだからこそ、なおのことクールを装いたいのだ。

もっとも、写真だけが目当てで顔を出したわけではなかった。

いくら傍若無人《ぼうじゃくぶじん》な直希とはいえ、自分で旅行先の変更を言い出しておきながら、途中で消えたのはさすがに身勝手だったかと、あとになって少しは気になっていた。

「この間は悪かったな」

ウーロン茶を飲みながら直希がさらっと言うと、すでにアルコールが回って陽気に騒いでいた四人がぴたっと静まった。なんで？　と思いながら見回すと、向かいの席の板橋の胡乱《うろん》げな瞳と目が合った。

「なんだよ、その目。……ああ、ガソリン代の割り勘分、踏み倒したこと恨《うら》んでる？　いくら？」

板橋はぶんぶんと首を左右に振った。

「違うよ。岩佐《いわさ》の口から詫《わ》びの言葉を聞くなんて、意外すぎてびっくりした」

ほかの三人も一斉《いっせい》に頷《うなず》く。

「失礼なヤツらだな」

直希はむっとしながら、財布を取り出した。

「で、いくら？」

「つーかその前に、俺らが宿代を清算しないと」

「そうよ。岩佐くんってば全員分前払いしていくから、びっくりしちゃったわ」

板橋の言葉に、莉子が頷きながら付け加えた。

「おまえが清算していけって怒鳴り散らしたんだろ」

「そんなの、岩佐くんの分をって意味に決まってるでしょう」

「そんな面倒くさい計算してるひまなかったんだよ。急いでたんだから」

「そういえば急用って何だったの？」

「急用は急用だよ」

それ以上の突っ込みを受け付けない態度で切って捨てる。

莉子はやれやれという顔で携帯を取り出し、宿代の計算を始めた。

「いいよ、もうそれは」

直希は携帯を取り上げて、莉子のかごバッグに放り込んだ。

「よくないわよ。結構な金額なんだから」

「俺がいいって言ったらいいんだよ。そのかわりガソリン代と写真代とここの飲み代はおごってもらう」

直希はさっさと自分の財布をしまい、運ばれてきた揚《あ》げたてのフライドポテトに手を伸ばした。

「岩佐って、そういうとこ憎《にく》めないよな」

板橋がしみじみとした口調で言う。

「金づるになりそうなとこ？」

ポテトをくわえながらそっけなく返すと、違うよと板橋は失笑した。

可奈がうっとりと直希を見つめる。

「日頃そっけない人にたまに親切にされると、きゅんとくるよね」

「あー、確かに岩佐くんってツンデレ系だよね」

莉子もうんうんと頷く。

板橋がポテトを咀嚼《そしゃく》する直希の顔を覗《のぞ》き込《こ》んでくる。

「金持ちで顔も頭も良くて性格が悪いっていう、同性から見たら最悪な男のくせに、なんかごくたまに妙なかわいげがあるっていうか、隙があるっていうか……」

「こんばんは」

板橋の声に、低く艶《つや》のある男の声がかぶさる。

ちょうど店員の陰になって、テーブルの脇にやってくるまでその存在に気がつかなかった。

あろうことか、声の主《ぬし》は阿倍だった。

なんなんだよ、と直希は一瞬パニクる。

今夜は友達と飲み会があるからと告げて、さっき研究室で別れたばかりだ。その時交わした濃厚なキスの感触が蘇《よみがえ》り、にわかに落ち着かない気分になる。

なにしに来たんだよ、と問いただしたい衝動に駆られつつ、必死でその衝動を抑え込む。

何の接点もないはずの直希と阿倍が親しく会話するのを見たら、友人たちが怪訝《けげん》に思うに違いない。

「きゃーっ、阿倍先生！」

「お久しぶりですぅ。先生も飲み会ですか？」

莉子と可奈が色めき立って声をかける。

「仕事帰りにここで夕飯を食べて帰ろうと思ってね」

嘘つけ、と直希は内心毒づく。阿倍が外食に選ぶのは、大概《たいがい》学校から離れたもっと静かな店だ。明らかに自分の様子を覗きに来たに決まっている。

「お一人ですか？」

「うん」

「だったらご一緒しませんか？」

「どうぞどうぞ」

有無を言わせず、女子二人が阿倍をテーブルに招き入れる。

「じゃ、お言葉に甘えて」

阿倍はよりにもよって直希の隣の空席に腰を下ろした。

阿倍が生中《なまちゅう》をオーダーするのに合わせて、みんな新しい飲み物を頼み、六人で乾杯する。

直希は落ち着かず、気もそぞろだった。

「先生、夏休みなのにお仕事ですか？」

可奈が向かいの席から身を乗り出さんばかりの様子で訊《たず》ねてくる。

「うん。論文の締切が近くてね。きみたちは休みを満喫《まんきつ》してるみたいだね。すっかり日焼けして」

「あ、これ、海焼けです。みんなで新潟に旅行に行ったんですよ」

莉子がかごバッグをごそごそ探って、写真を取り出し、「見ます？」と阿倍の方に差し出した。

阿倍は写真の束《たば》を受け取り、一枚一枚めくりながら楽しそうに眺《なが》めはじめた。ちゃんと日付けが入っているのを横目に確認して、直希は『ほら見ろ』と鼻息荒く悦《えつ》に入《い》る。これで新潟旅行が真実だったことが無事証明された。

「二人とも、水着が似合うね」

ビキニ姿を阿倍に褒《ほ》められた莉子と可奈は「やだー」などと嬉しげに照れ笑いを浮かべている。

「岩佐くんは泳がなかったの？」

着衣のまま、やる気なさげにパラソルの下に寝そべっている直希の写真を見て、阿倍が訊《き》いてきた。

直希が答えるより前に、

「岩佐はマイペースだから」

板橋が苦笑いを浮かべて言った。

「このあと、こいつ急用があるとか言って突然帰っちゃったんですよ」

余計なことを言い出した板橋に直希は一瞬にして青ざめた。なんとか黙らせねばと焦《あせ》る傍《かたわ》らで、春巻きにかぶりついていた康太まで、会話に加わってくる。

「そもそも、この旅行からして、ホントは下田《しもだ》に行くはずだったのに、直前になって岩佐がどうしても新潟に行きたいって言い出して、もうバタバタですよ。それなのに、岩佐は途中で一人でどこか行っちゃうし」

「それはひどいな。いったいどんな急用だったの？」

阿倍が大真面目《おおまじめ》な顔で、直希に空々しい質問を振ってくる。

新潟旅行の事実を証明するはずが、その裏の真実を暴露《ばくろ》されるはめに陥《おちい》り、羞恥《しゅうち》でくらくらとめまいがしてきた。

直希はガタガタと椅子を鳴らして立ち上がった。

みんなの視線が一斉に集まる。

「……トイレ」

短く言い置いて、席を立つ。

向かったのはしかし、トイレではなく店の出口だった。

くっそー。

羞恥と屈辱《くつじょく》にまみれて歩きながら、直希は拳《こぶし》を強く握《にぎ》り締《し》めた。

もうこれで、自分が新潟まで阿倍に会うために行ったことがバレバレになってしまった。

あいつら余計なことを言いやがって、と、罪《つみ》もない友人たちに殺意を抱《いだ》いていると、不意に後ろから腕をつかまれた。

「どこ行くんだよ」

軽く息を切らした阿倍が、直希の腕をつかんだまま傍らに並んだ。

「……そっちこそ」

「僕は急用を思い出したからって、中座してきた」

急用という単語にからかうようにイントネーションを置いて、阿倍が言う。

直希は阿倍の手を振りほどいて、ガンガン足を踏みならしながら先へ歩く。

再び腕をつかまれ、引きとめられる。

「なにを怒ってるの?」

阿倍が顔を覗き込んできた。

「……なんであんなとこに顔出してるんだよ」

阿倍はふわっと微笑《ほほえ》んだ。

「ちょっとした好奇心で。僕の誘いを断ってまで友達との飲み会に行くっていうから、どんな魅力的なメンバーなのか気になったんだ」

阿倍には今夜も夕食に誘われていた。そのままなし崩《くず》しにまた阿倍の部屋に泊まることになりそうな気がした。

飲み会に応じた理由には、それもあった。

誘いをかけてくる阿倍以上に、直希は阿倍にめろめろだった。そのことが相変わらず悔《くや》しくて、だからあえて執着《しゅうちゃく》のないふりで友達との飲み会を選ぶような見栄を、懲《こ》りもせず張っている。

「でも、覗きに行ってよかったよ。友達から大事なことを聞けたしね」

「……あいつら余計なことばっか言いやがって」

直希が赤面しながら吐《は》き捨《す》てるように言うと、阿倍は一瞬きょとんとなった。

「余計なこと？　……ああ、もしかして新潟旅行がダミーだって話？」

さらっと言われて、ますます顔に血の気が上《のぼ》る。

阿倍は更《さら》に不思議そうな顔をした。

「隠してるつもりだったの？」

「え？」

「そんなの、最初からわかってたよ。きみ、なんでも顔に出るから」

さらなる屈辱に打ちのめされ、わなわなと震える直希に、阿倍は少し声のトーンを低くした。

「僕が大事なことを聞けたって言ったのは、あの板橋くんとやらの発言のことだよ。きみのこと、かわいげがあるとか、隙があるとか言ってたでしょう」

そういえば阿倍の登場前にそんなことを言われたような気もする。

「きみのかわいさを見抜いてるなんて、彼は要注意人物だ。迂闊《うかつ》につけいる隙をみせちゃだめだよ」

なに言ってんだよ、このオッサン。バカじゃないの？

そんなことより、直希にとっては何もかも見抜かれている屈辱の方が、よほど大問題だ。

「飲み会に戻るつもりがないなら、うちに寄っていかないか？」

駅前で、阿倍が性懲《しょうこ》りもなく誘いかけてくる。

「……帰る」

本当は別れ難《がた》いのだけれど、きまり悪さのあまりそっけなく答える。

「そんなこと言わないで、うちで飲み直そうよ」

「やだよ。寄ったらまたエロいことされるし」

「しないよ」

阿倍は失笑しながら、直希の耳もとに口を近づけた。

「昨夜みたいにきみが泣くまで舐《な》めまわしたり、『もっと』っておねだりさせたり、風呂の中で無理矢理後ろから入れたりしないから」

恐ろしいことを小声で囁《ささや》いてくる。

あられもない映像と感覚が脳裏に蘇《よみがえ》り、身体中がカーッと熱を帯びた。

「ばかっ！　最低！」

直希は手を振りほどこうとしたが、阿倍はくすくす笑いながらもつかんだ手を離そうとしない。

「そんなに怒ることないだろう」

「うるさい！　もう帰る」

「ダメ。帰さない」

笑いを含《ふく》んだ口調だったが、有無を言わさぬ響きで阿倍は言い、直希の腕を引いて歩き出した。

「……だからホモのカップルだと思われるだろう」

不機嫌そうに言って強引に腕を引き抜いてみたものの、直希は胸がバクバクしてきゅん死にしそうだった。

帰さない、と決めつけられるこの屈辱的な心地よさ。

俺ってやっぱりマジでMかも、などと思いつつ、直希は阿倍と肩を並べて、自分の最寄り駅とは反対方向の電車のホームへと向かう。

嫌々というポーズを取りながら、内心は強引な誘いに胸を躍《おど》らせていることも、なんとなく阿倍には見抜かれていそうな気がする。

「ちょっとだけ、訂正させてもらってもいいかな？」

ホームに並んで生ぬるい夜風に吹かれながら、阿倍がしかつめらしい顔で訊ねてきた。

「なに？」

「うそをついてしまいました」

「は？」

「エロいことはしないって言ったけど、ホントは昨夜以上にやる気満々」

「……ぶっ殺す」

物騒な口癖《くちぐせ》で毒づきながらも、男のくすくす笑う声は桃《もも》のように甘ったるく、直希の心をとろとろにとろけさせていくのだった。

あとがき

月村　奎

こんにちは。お元気でお過ごしですか。

お手にとってくださってありがとうございます。

日頃、割と内向的で自虐的《じぎゃくてき》な人を主人公にすることが多い私ですが、今回はふと、それとは真逆の性格の人を書いてみたいと思いました。

家柄《いえがら》も容姿も頭のできも申し分ない完璧《かんぺき》な王子様で、悩みなんてひとつもなく、尊大で傲慢《ごうまん》で超イヤな奴《ヤツ》。おお、楽しそう。

……そう思って書き始めたのに、悩みなどないはずの王子様がいきなりしょうもないことで悩み始めたので困惑しました。困惑のあまり、彼の悩みそのものをタイトルにしてみました。ははははは。

結局、相当お間抜けな王子様となってしまいましたが、二篇とも大変楽しく書かせていただきました。

こんなに楽しんだ上に、更《さら》に木下《きのした》けい子さんにイラストを描いていただけるというご褒美《ほうび》までついて、もうどうしましょうというくらい幸せです。イメージ通りなどという次元ではなく、イラストが最初にあって、それを見て私があとから話をつけさせていただいたかと思うくらいの勢いで、イメージそれ自身と言いますか、いや、すでにもう何を言っているのか自分でもよくわからなくなっていますが、とにかくこんなに素敵に描いていただけて、夢のように幸せです。

木下けい子さま、お忙しい中、本当にありがとうございました。

やや性格に難ありの主人公なので読者の皆様のご反応が不安ですが、少しでも楽しんでいただけたら、更に幸せです。

ではでは。またお目にかかれますように。

……と何気なく終わらせてみようとしたものの、あと一ページ半も残っているという恐ろしい事実。

な、なにかネタはないのかと頭を抱《かか》えながらトイレに立ったら、不可思議な出来事と遭遇《そうぐう》しました。

トイレといっても自宅ではなく、某《ぼう》ショッピングセンターのトイレです（外出先でこそこそとあとがきを書いています）。

お客様感謝デーのせいか店内は結構混んでいて、トイレも行列していました（行数かせぎのため、不必要な情報まで書きこませていただいております）。

で、私の順番が来て、大変美しい女の子と入れ違いに個室に入りました。普段、トイレの順番待ちで人の容姿を観察したりはしないのですが、その女の子が鄙《ひな》には稀《まれ》な美人だったのと、田舎《いなか》ではあまり見かけないゴスロリ風のヒラヒラ服を隙なく着こなしていたので印象に残りました。しかも、162センチの私が思わず見上げるほどの背の高さ。モデルさんみたい、と無邪気に感心しながら用を足そうとして、ふと、便座があがっていることに気付きました。

私も随分《ずいぶん》長く生きて参りましたが、女子トイレで便座があがっているのを見たのは、生まれて初めてのことでした。なんていうか……惜しい！　って感じ。

他作で恐縮ですが、この場を借りて秋霖《しゅうりん》シリーズの主人公、奥村聡《おくむらさとる》くんにひとつ忠告したいと思います。

女子トイレに入ったら、最後に便座を下げるのを忘れないでね。

意味のわからない方は（ってほぼ全員わからないと思いますが……）、秋の終わり頃に出るかもしれない「秋霖高校第二寮リターンズ③」をご参照いただけるとありがたいです。

おう。行き当たりばったりな流れだったのに、なんだかきれいにまとまったじゃないですか（そ、そうだろうか……）。

ではでは。予告通り晩秋に無事お目にかかれますように。

D E A R + N O V E L

CHERRY《チェリー》

この本を読んでのご意見、ご感想などをお寄せください。
月村 奎先生・木下けい子先生へのはげましのおたよりもお待ちしております。
〒113-0024 東京都文京区西片2-19-18 新書館
[編集部へのご意見・ご感想] ディアプラス編集部「CHERRY」係
[先生方へのおたより] ディアプラス編集部気付 〇〇先生

初 出
CHERRY：小説DEAR+ 09年ナツ号（Vol.34）
PEACH：書き下ろし

新書館ディアプラス文庫

著者：**月村 奎 [つきむら・けい]**
初版発行：**2010年 7 月25日**

発行所：株式会社**新書館**
[編集] 〒113-0024 東京都文京区西片 2-19-18 電話(03)3811-2631
[営業] 〒174-0043 東京都板橋区坂下 1-22-14 電話(03)5970-3840
[URL] http://www.shinshokan.co.jp/
印刷・製本：**図書印刷株式会社**

定価はカバーに表示してあります。乱丁・落丁本はお取替えいたします。
ISBN978-4-403-52245-1

S H I N S H O K A N

ボーイズラブ

ディアプラス文庫

文庫判定価588円

NOW ON SALE!!

新書館

✤絢谷りつこ《あやたに・りつこ》
恋するピアニスト イラスト あさとえいり
天使のハイキック イラスト 夏乃あゆみ

✤五百香ノエル《いおか・のえる》
復刻の遺産 ～THE Negative Legacy～ イラスト おおや和美
【MYSTERIOUS DAM! ①～⑧】 イラスト 松本 花
【MYSTERIOUS DAM! EX ①②】 イラスト 松本 花
罪深く潔き懺悔 イラスト 上田信舟
EASYロマンス イラスト 沢田 翔
シュガー・クッキー・エゴイスト イラスト 影木栄貴
GHOST GIMMICK イラスト 佐久間智代
本日ひより日和 イラスト 一之瀬綾子
ありす白書 イラスト 小鳩めばる
君ガ大スキライ イラスト 中条 亮

✤一穂ミチ《いちほ・みち》
雪よ林檎の香のごとく イラスト 竹美家らら
オールトの雲 イラスト 木下けい子
はな咲く家路 イラスト 松本ミーコハウス
Don't touch me イラスト 高久尚子

✤いつき朔夜《いつき・さくや》
G1トライアングル イラスト ホームラン・拳
コンティニュー? イラスト 金ひかる
八月の略奪者 イラスト 藤崎一也
午前五時のシンデレラ イラスト 北畠あけ乃
ウミノツキ イラスト 佐々木久美子
征服者は貴公子に跪く イラスト 金ひかる
初心者マークの恋だから イラスト 夏目イサク
スケルトン・ハート イラスト あじみね朔生

✤岩本 薫《いわもと・かおる》
プリティ・ベイビィズ①② イラスト 麻々原絵里依

✤うえだ真由《うえだ・まゆ》
チープシック イラスト 吹山りこ
みにくいアヒルの子 イラスト 前田とも
水槽の中、熱帯魚は恋をする イラスト 後藤 星
モニタリング・ハート イラスト 影木栄貴
スノーファンタジア イラスト あさとえいり
スイート・バケーション² イラスト 金ひかる
それはそれで問題じゃない? イラスト 高橋ゆう
恋の行方は天気図で イラスト 橋本あおい
ロマンスの黙秘権 全3巻 イラスト あさとえいり
Missing You イラスト やしきゆかり
ブラコン処方箋 イラスト やしきゆかり
恋人は僕の主治医 ブラコン処方箋2 イラスト やしきゆかり
イノセント・キス イラスト 大和名瀬

✤大槻 乾《おおつき・かん》
初恋 イラスト 橘 皆無

✤おのにしこぐさ《おのにし・こぐさ》
臆病な背中 イラスト 夏目イサク

✤加納 邑《かのう・ゆう》
蜜愛アラビアンナイト イラスト CJ Michalski

✤久我有加《くが・ありか》
キスの温度 イラスト 蔵王大志
光の地図 キスの温度② イラスト 蔵王大志
長い間 イラスト 山田睦月
春の声 イラスト 藤崎一也
スピードをあげろ イラスト 藤崎一也
何でやねん! 全2巻 イラスト 山田ユギ
無敵の探偵 イラスト 蔵王大志
落花の雪に踏み迷う イラスト 門地かおり（※定価630円）
わけも知らないで イラスト やしきゆかり
短いゆびきり イラスト 奥田七緒
ありふれた愛の言葉 イラスト 松本 花
明日、恋におちるはず イラスト 一之瀬綾子
あどけない熱 イラスト 樹 要
月も星もない イラスト 金ひかる（※定価630円）
月よ笑ってくれ 月も星もない② イラスト 金ひかる
恋は甘いかソースの味か イラスト 街子マドカ
それは言わない約束だろう イラスト 桜城やや
どっちにしても俺のもの イラスト 夏目イサク
不実な男 イラスト 富士山ひょうた
簡単で散漫なキス イラスト 高久尚子
恋は愚かというけれど イラスト RURU
君を抱いて昼夜に恋す イラスト 麻々原絵里依
いつかお姫様が イラスト 山中ヒコ

✤久能千明《くのう・ちあき》
陸王 リインカーネーション イラスト 木根ヲサム

✤榊 花月《さかき・かづき》
ふれていたい イラスト 志水ゆき
いけすかない イラスト 志水ゆき
でも、しょうがない イラスト 金ひかる
ドースル? イラスト 花田祐実
ごきげんカフェ イラスト 二宮悦巳
風の吹き抜ける場所へ イラスト 明森びびか
子どもの時間 イラスト 西河樹菜
負けるもんか! イラスト 金ひかる
ミントと蜂蜜 イラスト 三池ろむこ
鏡の中の九月 イラスト 木下けい子
奇蹟のラブストーリー イラスト 金ひかる
秘書が花嫁 イラスト 朝南かつみ
眠る獣 イラスト 周防佑未
わるい男 イラスト 小山田あみ
ベランダづたいに恋をして イラスト 青山十三

✤桜木知沙子《さくらぎ・ちさこ》
現在治療中 全3巻 イラスト あとり硅子
HEAVEN イラスト 麻々原絵里依
あさがお ～morning glory～ 全2巻 イラスト 門地かおり
サマータイムブルース イラスト 山田睦月
愛が足りない イラスト 高野宮子
教えてよ イラスト 金ひかる
どうなってんだよ? イラスト 麻生 海
双子スピリッツ イラスト 高久尚子（※定価651円）
メロンパン日和 イラスト 藤川桐子
好きになってはいけません イラスト 夏目イサク
演劇どうですか? イラスト 吉村
札幌の休日①② イラスト 北沢きょう

✤篠野 碧《ささや・みどり》
だから僕は溜息をつく イラスト みずき健
BREATHLESS 続・だから僕は溜息をつく イラスト みずき健
リゾラバで行こう! イラスト みずき健
プリズム イラスト みずき健
晴れの日にも逢おう イラスト みずき健

✤新堂奈槻《しんどう・なつき》
君に会えてよかった①～③ イラスト 蔵王大志（※③定価630円）
ぼくはきみを好きになる? イラスト あとり硅子
one coin lover イラスト 前田とも
タイミング イラスト 前田とも

✤**菅野 彰**《すがの・あきら》

眠れない夜の子供 イラスト石原 理
愛がなければやってられない イラストやまかみ梨由
17才 イラスト坂井久仁江
恐怖のダーリン♡ イラスト山田睦月
青春残酷物語 イラスト山田睦月
なんでも屋ナンデモアリ アンダードッグ①② イラスト麻生 海

✤**菅野 彰&月夜野 亮**《すがの・あきら&つきよの・あきら》

おおいぬ荘の人々 全7巻 イラスト南野ましろ（※②定価620円）

✤**砂原糖子**《すなはら・とうこ》

斜向かいのヘブン イラスト依田沙江美
セブンティーン・ドロップス イラスト佐倉ハイジ
純情アイランド イラスト夏目イサク（※定価651円）
204号室の恋 イラスト藤井咲耶
言ノ葉ノ花 イラスト三池ろむこ
言ノ葉ノ世界 イラスト三池ろむこ
恋のはなし イラスト高久尚子
虹色スコール イラスト佐倉ハイジ
15センチメートル未満の恋 イラスト南野ましろ
スリープ イラスト高井戸あけみ

✤**篁 釉以子**《たかむら・ゆいこ》

パラリーガルは競り落とされる イラスト真山ジュン

✤**たかもり諫也（鷹守諫也 改め）**《たかもり・いさや》

夜の声 冥々たり イラスト藍川さとる
秘密 イラスト氷栗 優
咬みつきたい。 イラストかわい千草

✤**玉木ゆら**《たまき・ゆら》

元彼カレ イラストやしきゆかり
Green Light イラスト蔵王大志
ご近所さんと僕 イラスト松本 青
ブライダル・ラバー イラスト南野ましろ

✤**月村 奎**《つきむら・けい》

believe in you イラスト佐久間智代
Spring has come! イラスト南野ましろ
step by step イラスト依田沙江美
もうひとつのドア イラスト黒江ノリコ
秋霖高校第二寮 全3巻 イラスト二宮悦巳
エンドレス・ゲーム イラスト金ひかる（※定価682円）
エッグスタンド イラスト二宮悦巳
きみの処方箋 イラスト鈴木有布子
家賃 イラスト松本 花
WISH イラスト橋本あおい
ビター・スイート・レシピ イラスト佐倉ハイジ
秋霖高校第二寮リターンズ①② イラスト二宮悦巳
レジーデージー イラスト依田沙江美
CHERRY イラスト木下けい子

✤**名倉和希**《なくら・わき》

はじまりは窓でした。 イラスト阿部あかね

✤**ひちわゆか**《ひちわ・ゆか》

少年はKISSを浪費する イラスト麻々原絵里依
ベッドルームで宿題を イラスト二宮悦巳
十三階のハーフボイルド① イラスト麻々原絵里依（※定価620円）

✤**日夏塔子（榊 花月）**《ひなつ・とうこ》

アンラッキー イラスト金ひかる
心の闇 イラスト紺野けい子
やがて鐘が鳴る イラスト石原 理（※定価714円）

✤**前田 栄**《まえだ・さかえ》

ブラッド・エクスタシー イラスト真東砂波
JAZZ 全4巻 イラスト高群 保

✤**松岡なつき**《まつおか・なつき》

【サンダー&ライトニング 全5巻】 イラストカトリーヌあやこ
30秒の魔法 全3巻 イラストカトリーヌあやこ
華やかな迷宮 全5巻 イラストよしながふみ

✤**松前侑里**《まつまえ・ゆり》

月が空のどこにいても イラスト碧也ぴんく
雨の結び目をほどいて イラストあとり硅子
空から雨が降るように 雨の結び目をほどいて② イラストあとり硅子
ピュア½ イラストあとり硅子
地球がとっても青いから イラストあとり硅子
猫にGOHAN イラストあとり硅子
その瞬間、ぼくは透明になる イラストあとり硅子
籠の鳥はいつも自由 イラスト金ひかる
階段の途中で彼が待ってる イラスト山田睦月
愛は冷蔵庫の中で イラスト山田睦月
水色ステディ イラストテクノサマタ
空にはちみつムーン イラスト二宮悦巳
月とハニーベア イラスト二宮悦巳
Try Me Free イラスト高星麻子
リンゴが落ちても恋は始まらない イラスト麻々原絵里依
星に願いをかけないで イラストあさとえいり
カフェオレ・トワイライト イラスト木下けい子
プールいっぱいのブルー イラスト夢花 李
アウトレットな彼と彼 イラスト山田睦月
ピンクのピアニシモ イラストあさとえいり
パラダイスより不思議 イラスト麻々原絵里依
もしも僕が愛ならば イラスト金ひかる
春待ちチェリーブロッサム イラスト三池ろむこ
コーンスープが落ちてきて イラスト宝井理人
真夜中のレモネード イラスト宝井理人
センチメンタルなビスケット イラストRURU

✤**真瀬もと**《まなせ・もと》

スウィート・リベンジ 全3巻 イラスト金ひかる
きみは天使ではなく。 イラストあとり硅子
背中合わせのくちづけ 全3巻 イラスト麻々原絵里依
熱情の契約 イラスト笹生コーイチ
上海夜想曲 イラスト後藤 星
太陽は夜に惑う イラスト稲荷家房之介

✤**渡海奈穂**《わたるみ・なほ》

甘えたがりで意地っ張り イラスト三池ろむこ
ロマンチストなろくでなし イラスト夏乃あゆみ
神さまと一緒 イラスト窪スミコ
マイ・フェア・ダンディ イラスト前田とも
夢は廃墟をかけめぐる☆ イラスト依田沙江美
恋になるなら イラスト富士山ひょうた
さらってよ イラスト麻々原絵里依
正しい恋の悩み方 イラスト佐々木久美子
手を伸ばして目を閉じないで イラスト松本ミーコハウス
ゆっくりまっすぐ近くにおいで イラスト金ひかる
兄弟の事情 イラスト阿部あかね
恋人の事情 兄弟の事情2 イラスト阿部あかね
未熟な誘惑 イラスト二宮悦巳
たまには恋でも イラスト佐倉ハイジ

DEAR+ CHALLENGE SCHOOL

＜ディアプラス小説大賞＞
募集中！

トップ賞は必ず掲載!!

賞と賞金

大賞・30万円
佳作・10万円

内容

ボーイズラブをテーマとした、ストーリー中心のエンターテインメント小説。ただし、商業誌未発表の作品に限ります。

・第四次選考通過以上の希望者には批評文をお送りしています。詳しくは発表号をご覧ください。なお応募作品の出版権、上映などの諸権利が生じた場合その優先権は新書館が所持いたします。
・応募封筒の裏に、**【タイトル、ページ数、ペンネーム、住所、氏名、年齢、性別、電話番号、作品のテーマ、投稿歴、好きな作家、学校名または勤務先】**を明記した紙を貼って送ってください。

ページ数

400字詰め原稿用紙100枚以内（鉛筆書きは不可）。ワープロ原稿の場合は一枚20字×20行のタテ書きでお願いします。原稿にはノンブル（通し番号）をふり、右上をひもなどでとじてください。なお原稿には作品のあらすじを400字以内で必ず添付してください。

小説の応募作品は返却いたしません。必要な方はコピーをとってください。

しめきり

年2回　1月31日/7月31日（必着）

発表

1月31日締切分…小説ディアプラス・ナツ号（6月20日発売）誌上
7月31日締切分…小説ディアプラス・フユ号（12月20日発売）誌上
※各回のトップ賞作品は、発表号の翌号の小説ディアプラスに必ず掲載いたします。

あて先

〒113-0024　東京都文京区西片2-19-18
株式会社 新書館
ディアプラス チャレンジスクール〈小説部門〉係